Martin Maack

Sigrun - Schauspiel in 4 Akten

Martin Maack

Sigrun - Schauspiel in 4 Akten

ISBN/EAN: 9783743643666

Hergestellt in Europa, USA, Kanada, Australien, Japan

Cover: Foto ©Andreas Hilbeck / pixelio.de

Weitere Bücher finden Sie auf **www.hansebooks.com**

Sigrun.

Schauspiel in 4 Akten

von

Martin Maack.

Lübeck.
Verlag der Novellenbibliothek.
Kommissionär in Leipzig:
Eduard Strauch.

Personen:

König Schwertwart.

Sigrun, seine Tochter.

Hedin, des Königs Verwandter.

Atli
Godomar } Herzöge unter Schwertwart.
Guntram

Gundobald, Kämmerer des Königs.

König Alfur.

Reifgerde, seine Gemahlin.

Helgi, Heerkönig der Wikinger.

Charibert
Siegebert
Halvar } Wikinger.
Rignomer

Galaswintha } Sigruns Gespielinnen.
Fredegunde

Clodomira } Dienerinnen.
Theodora

Krieger. Wikinger. Jungfrauen. Volk. Priester. Priesterinnen.

————————

1. Aufzug.

Freier Platz am Waldessaum vor dem Eingang zum „heiligen Hain", der sehr hoch liegt. Von oben herab stürzt sich ein rauschender Bach. Hier, auf der Höhe beim Eingang zum heiligen Hain steht ein Opferaltar. Ihn umstehen der Chor der Priester und Priesterinnen. Hedin. Unten auf dem freien Platz drängt sich das Volk. Clodomira. Theodora. Gundobald.

1. Auftritt.

Die Priester setzen die Posaunen an und blasen nach allen vier Richtungen gewandt.

Chor der Priester und Priesterinnen (singen).

Die heil'ge Göttin kommt die Hehre!
Schon kündet sie der Vogelsang.
Und lauer Hauch steigt auf vom Meere,
Der schon des Winters Macht bezwang.

Ihr holder Sohn, die Frühlingssonne,
Gott Balder zeigt sein Angesicht.
Die Welt erwacht zu neuer Wonne,
Zu neuem Leben wacht das Licht.

Drum freue sich, wer neu belebet
Nach Winterfrost, nach Winternot
Den Blick zur neuen Sonn' erhebet
Und komm zum Fest und opfre Gott.

1*

Hedin (spricht im feierlichen Ton).

So grüßet euch der Götter beste.
Vereinigt euch und kommt zu Hauf.
Laßt euer Werk und kommt zum Feste,
Zum Feste ruf' ich alle auf.

Und wer in Sorge auch und Kummer
In Winternacht und Nöten war,
Der wach wie Balder aus dem Schlummer
Jetzt auf zu neuem Lebensjahr.

Chor der Priester und Priesterinnen (singen).

Es freue sich, wer neu belebet
Nach Winterfrost, nach Winternot
Den Blick zur neuen Sonn' erhebet
Und komm zum Fest und opfre Gott.
(Priester und Priesterinnen in den heiligen Hain ab.)

2. Auftritt.

Volt. Clodomira. Theodora. Gundobald.

Gundobald (geschäftig und wichtig).

Ist's nun fertig? Alle Götter!
Bei Walhalla! Donnerwetter!
Maifest will man heute geben.
Alle Wetter heißt das leben?
Dies ein Maifest noch zu nennen,
Opferdienst und Priesterrennen!
Altar, Thron und Baldachin,
Alles setzt man reinlich hin.
Zu dem Fest noch Maifest sagen,
Ohne Met und Saufgelagen.
Anders war's zu Helgis Tagen
Nach dem großen Bärenjagen.

Donnerwetter, war's ein Zechen,
Vierzehn Tage voll zum Brechen,

(an den Fingern vorzählend)

Vier — zehn — Tage — —

Clodomira (seine Wichtigthuerei nachäffend).

Donnerwetter!

Gundobald
(wichtig ernst fortfahrend, ohne den Spott zu merken).

Bei Walhalla! Alle Götter!
Vierzehn Tage immer Feste.
Das war Helgi, und der beste
Krieger, sag ich euch, und Held,
Einen giebt's nur in der Welt
Wie der Helgi, unser Führer.
Ja, ja — waren unser vierer.

Theodora.

Ist er denn dabei gewesen?

Gundobald.

Alle Götter! Alter Besen!
Ich als letzter hinterher.
Hinter mir kam keiner mehr.
Denn, so sagt' ich, geht's verkehrt,
Ist der letzte etwas wert,
Und man steht —

Theodora.

Nicht vor der Tatze.

Gundobald.

Freilich, alte dumme Fratze.
Was weiß sie vom Bärenfassen,

So ein Bär ist nicht zum Spaßen.
Doch als wir nach ein'gen Stunden
Endlich nun die Spur gefunden
Von dem Bären, sag' ich dir,
Ging es vorwärts. Hinter mir —
— Bei Walhalla, mir zum Glück —
Blieb kein einziger zurück.
Aber sachte, immer sachte,
Alter Gundobald, so dachte
Ich, als wir das Tier erblickten.
Als die andern vorwärts rückten,
Gab mir Charibert, der Protz —
Kennst ihn —?

Clodomira.

Freilich.

Gundobald.

Grober Klotz —
Mir die Spieße, sie zu halten.
„Diese“, sagt er, „für den Alten,
Weil er sonst doch nicht zu brauchen.“
Doch ich, ohne lang zu fauchen,
Nahm mit Vorsicht Posto dann
Ruhig wie ein echter Mann
Hinter einem Eschenbaum.
Doch, man denk', ich stehe kaum,
Als sich Bär und Bärin schon
Auf uns stürzt mit grimmem Ton.
Sag' ich, packen da die Ängste,
Ist man sonst auch nicht der bängste,
Steh' ich sonst doch meinen Mann.
Helgi faßt die Bärin an,
Charibert und Siegebert

Gehen, als sich dieser kehrt,
Grade auf den Alten zu.
Der erhebt die Tatze — huh!
Huh! Da solltet ihr mal sehen!
— Denkt mich hinter'm Baum dort stehen —
Keiner wär' von euch geblieben.
Helgi wird zurückgetrieben
Bis zu meinem Baum. — Entsetzen!
Wahrlich! Wahrlich! Kein Ergötzen!
Ich will fliehen! „Bleib da stehen,
Feiger Hund! Wart' du sollst sehen,“
Ruft er, ohne sich zu wenden.
Und mit eingekrampften Händen
Steif vor Angst bleib' ich am Platz.
Da durchbohrt mit einem Satz
— Ich empfehle meine Seel' —
Helgi ihr das braune Fell
Bis an seines Messers Knauf.
Hi! Wie spritzt der Blutstrahl auf!
Und — entsetzlich anzuschauen —
Brüllend hebt der Bär die Klauen,
Schlägt den Helden — o Entsetzen —
Denk' schon, der haut ihn in Fetzen.
Doch mit Fäusten packt der ihn.
Ich versuche schnell zu fliehn.
— Denn der Waldessaum war weit —
Werfe Spieße, Fell und Kleid,
Waffenvorrat, Schild und Speer,
Alles über beide her
Und entfliehe. — Wild Geschrei
Hinter mir. Es ist vorbei,
Denk' ich; doch als ich mich kehrte,
Beide Bären auf der Erde
Seh' ich, munter alle drei,
Und auch Helgi steht dabei.

Clodomira (wie oben).

Donnerwetter.

Gundobald (mit derselben Wichtigkeit fortfahrend).

Alle Götter!
Mögt ihr's glauben — ich zurück.
Lachend packt er mich am G'nick
Unser Helgi: „Guter alte
Gundobalde, komm' und halte
Uns den Bären jetzt, ein Fetter.
Du allein, du bist mein Retter.
Ohne dich wär' ich gefressen.
O, ich hab' es nicht vergessen,
Wort für Wort weiß ich es noch.
Jetzt das Beste! Hört mich doch.
Helgi kämpft nur noch mit schwachen
Kräften, als ich meine Sachen
Auf sie warf. Da kehrt sie sich,
Schnaubt im Zorn auf gegen mich,
Um den neuen Feind zu fassen.
Helgi fühlt sich los gelassen,
Stößt ihr sicher, zielbewußt
Tief das Messer in die Brust.

Theodora.

Kämmerer, welche Tapferkeit.

Gundobald.

Freilich, was weiß sie vom Streit
Und von Mut und Bärenjagen.

Theodora.

Davon weiß ich nichts zu sagen.
Wahrlich, ich hielt Euch für schwächer.

Gundobald.

Wenn ihr Weiber nur die Becher
Wieder füllt und Ordnung schafft.

Theodora.

Nein, Herr Kämmerer, welche Kraft!
Und wie schön er das beschreibt.
Doch, Herr Kämmerer, warum bleibt
Er so lange unvermählt,
Wenn er uns so nützlich hält.

Gundobald (plötzlich hitzig auffahrend).

Das versteht sie nicht, sie Alte.
Rate ihr mit Fug, sie halte
Ihre Zunge gegen jeden.

Clodomira.

Doch vom Feste wollt ihr reden
Und von eurer Lustbarkeit.

Gundobald.

Freilich, freilich, schöne Maid,
Nun begannen all die Tage,
All die Feste, wie ich sage.
Vierzehn Tage voll zum Brechen,
Vierzehn Tage immer Zechen,
Vierzehn Tage immer Trinken.

(An den Fingern vorzählend.)

Vier—zehn — Tage — Bärenschinken,
Wein und Met bei Harfenton.

Theodora.

Sieh, es kommt der König schon.

Gundobald (voll Schreck).

König? Wo —? Sie sagte doch —?
An die Arbeit! Zögert noch?
Faules Volk, muß man euch treiben
Immer bei dem Werk zu bleiben?
Steht herum, verschwatzt den Tag!

(Alle ab. Gundobald empfängt mit vielen Bücklingen den König, der ihn
gar nicht beachtet.)

3. Auftritt.

König. Atli. Gundobald.

König.

Und von der Nächte Schreckenstraum
Erwachte ich, doch schlief ich kaum,
Als wilder mich der Nachtmahr drückte
Und fiebernd meinen Sinn berückte
Mit Schrecken wilder Phantasei.
Umkreisend wie der Lüfte Weih
Sah ich im Traum Allvaters Aar
Und hinter ihm die wilde Schar,
Die schreiend über mich sich türmte
Und wild mein armes Herz bestürmte
Mit Bitten halb und halb mit Droh'n.
Erzitternd fühlt' ich meinen Thron.
Ich sandte scharf gespitzt drei Pfeile
Dem Adler nach, jedoch in Eile
Entfloh er hastig dem Geschoß.

Atli.

Und was ist's, das dich baß verdroß?
Dich ängstigt noch dasselbe Wort.
Der Nornen Sang klingt in dir fort
Als wüstes Traumbild, das verwirrt

Noch jetzt durch deine Sinne irrt:
Daß dir in ihrer ersten Liebe
Die Tochter einst in wildem Triebe
Des Thrones Stütze rauben muß.
O setzst du einmal erst den Fuß
In jene Welt, die undurchdringlich,
So folgt sie dir, und unbezwinglich
Verweilt dein Denken dann bei ihr.

König (still lächelnd).

Wohl wahr, mein Freund, doch sage mir,
Wie man des Denkens Willkür zwingt.
Sieh nach, ob es dir selbst gelingt.
Nachgrollend wie der Blitz, der flink
Durch die Gefilde sengend ging,
So zehrt in dir mit stiller Flamm'
Des Zornes wehmutsvoller Gram.
Und zürnend denkst du noch der Tage,
Da Helgi uns verlassen mußte,
Ich weiß es, ob man auch die Klage
Mir schweigend zu verbergen wußte.

Atli.

Wie Schlangengift, so zehrt im Blut,
Was unrecht unsrer Seele thut.
Nein, hör mich, König, hör mich an
Und sag mir, ob du wohl gethan.
So wie das Roß, das ungezäumte,
So ist sein Geist, und sprudelnd schäumte
Sein Mut kampflüsternd wie ein Luchs
Nach Blut und Kampf. Sein schlanker Wuchs
Der Tanne gleich auf Felsenriff,
Und unerschüttert gleich dem Schiff,
Im Sturm erprobt, stand er voll Kraft.

König.

Doch wie der Bilse scharfer Saft
Zehrt giftig wie der Otter Dorn
In seiner Brust der jähe Zorn.
Und Jähzorn ist wie ein Orkan!
Ein Feuer! Ja, fach ihn nur an!
Blast ihn nur auf zur grimmen Glut,
Er zehrt den Feind und Freund in Wut.
Ein Pfeil ist er, der alle trifft,
Ein schlimmer Gast, er atmet Gift.
Drum war es wahrlich wohlbedacht,
Daß er uns ließ um Mitternacht.

Atli.

Weh dir, o König! Weh uns allen,
Kehrt er als Feind; dann wird er zahlen,
Was wir als Freunde ihm gewehrt.
Sein Herz vielleicht, vom Zorn beschwert,
Es sinnt auf Rache nur und Streit.

König.

Es ist genug. Es rinnt die Zeit
Wie Rauch dahin. Indes wir weilen,
Sieht man des Tages Stunden eilen.
Zum Feste sind wir längst bereit.
Die Zeit, von der du sprichst, liegt weit.
Doch sag mir, Atli, ohne Hohn:
Graf Hedin, meiner Schwester Sohn,
Sollt' ich ihm fluchen Helgis wegen
Und andern geben meinen Segen?
Das ist gewiß, des Hofes Dank
Hört ihm, doch Hedin hört der Rang.
Mag ihm voll Mut die Brust auch schwellen,
Als Mann muß er in Treu sich stellen.

Mag auch des Herren Dienst mal kränken,
Der Edle wird's ihm auch gedenken.
Denn Ordnung ist des Wohlfahrts Grund,
Unordnung des Verderbens Schlund.
Unbändig war sein wilder Mut,
Und sinnlos wie der Ur voll Wut,
Der sich mit eignem Horn verfängt,
War Freund und Feind von ihm bedrängt.

Atli.

Verächtlich doch ist mir der Held,
Der sich dem Feind nicht mutig stellt.
Die Eifersucht und gift'ger Neid
Ist schlimmer als der off'ne Streit.
Wie Lokis hämisch Natterzischen,
So hetzt' ihn Hedin, und dazwischen,
Du weißt es, liegt der Kinder Streit.

König.

Doch als sie beide sich entzweit,
War's nicht das beste, daß er ging.
Glaub mir, ich liebe ihn nicht minder,
Als wär' er einer meiner Kinder,
So gern seh' ich den kühnen Geist,
Den man noch jetzt in Helgi preist.
Und rühmend klingt sein Name noch.
Ja andre Tage waren's doch,
Als Helgis Heldenstimme klang.
Wie noch sein hehrer Thatendrang
Den Hof von Schwertwart rühmlich machte.
Wie wenn im Lenz der Tag erwachte,
So stand er da — ein ewig Geben —
Er wußte alles zu beleben.
Mit seines Kriegsrufs hehrem Schrei

Glich im Getümmel er dem Weih,
Der, wo die Luft sich schon vereist,
Erhaben durch die Lüfte kreist;
Beherrschte alles nah und fern
Mit seiner Augen Feuerstern.

(Geht mit großen Schritten über die Bühne, wie in Schmerz und Trauer.)

Was sind wir jetzt; sind unterthänig
Dem Alfur. Widerrechtlich König
Von Strahlenhein, so nennt er sich,
Seit Helgi zürnend von uns wich,
Den er allein gefürchtet hat.

Atli.

Graf Hedin steht an seiner Statt.

Gundobald.

Doch Helgi fehlt uns. Donnerschlag,
War das ein Zechen! Vierzehn Tag' —

König.

Er soll hier schweigen!

Gundobald (fährt zurück).

Donnerwetter!

Atli.

Klug sprichst du, König, wahrlich klug;
Doch gleißnerisch mit Selbstbetrug
Umstrickst du schmeichelnd dir das Herz.
Heut bist du König, himmelwärts
Noch steigt der Kriegsruf dir zu Ehren,
Doch laß den Bluthund wiederkehren,
Den Alfur, der uns arg bedrückt,
Dein Land zerstört, dein Vieh zerstückt

Und deine besten Krieger tötet.
Wenn ringsum sich der Rasen rötet,
Wenn's blutig auf zum Himmel schreit,
Wer hilft uns dann? Helgi ist weit.

König (finster brütend).

Das liegt in Wodans heil'gem Willen.
Doch lassen wir's, daß wir erfüllen,
Was Balder uns verkünden läßt.
Heut ist sein heilig Opferfest.
Die Priester haben's schon verkündet.
Ich weiß, daß man dich dort nicht findet.
Daß ich nicht mehr mit dir mich freue.
Du schwurst dem neuen Gotte Treue,
Den man aus Welschland uns gebracht.
Magst du es thun. Die finstre Macht
Des deinen, mag sie größer sein;
Mir aber wär' es ewig Pein,
Wollt' ich sie lassen, wo mir Jugend
Und die Erinn'rung meiner Tugend,
In denen all mein Denken ruht.
Doch ehre ich die heil'ge Glut,
Die deine Seele ganz erfüllt
Und deines Herzens Sehnsucht stillt. —
Die Tochter führ jedoch zu mir.

Atli.

Wie du befiehlst, geschehe ihr.

König.

Leichtfüßig, wie des Berges Reh,
Das auf der Firne ew'gem Schnee
An eig'ner Schönheit sich ergetzt,
Wenn's fliehend durch die Halde hetzt,

So eilt sie durch den jungen Tag
Und ahnt noch nichts vom Ungemach,
Das ihr der Jugend Unschuld nimmt,
Wie's ihr die Norne vorbestimmt.

Atli.

Mir gabst du sie, daß ich gewahre,
Daß nicht das Leid ihr widerfahre.

König.

Um in dem Schutz von Balders Hain
Vor jedem Mann bewahrt zu sein.
Denn welcher Frevler wagte je
Die Lichtumfloßnen so zu höhnen,
Den heil'gen Hain und Freyjas Höh'
Nur zu betreten.

Gundobald (für sich aufzählend, plötzlich freudig laut).

All die schönen —
Ja, Donnerwetter — vierzehn Tage.

König (zu Gundobald).

Sagt er da was? (zu Atli) Wie ich dir sage
(zu Gundobald)
Was hat er hier denn noch zu stehn!
(zu Atli)
Wie ich gesagt — (Gundobald ab).

Atli.
Es wird geschehn.

König.
Der Norne Mund speit wütend Gift
Auf den, den ihre Rache trifft.

Und schwerer ist, was ihr beschieden
Als je dem Sterblichen hienieden.
Den eignen Vater zu ermorden,
Ein schrecklich Los, das ihr geworden.

Atli.

So legst du's aus. Dich drängt empor
Der Glaube noch wie Nebelflor,
Der vor dem Taglicht aufwärts zieht.
Blind folgst du jedem Priesterlied.
Ich weiß es, König, nimmer froh
Macht dich das Wort. War es nicht so?
Wenn sie vor zwanzig Sonnenwenden
Sich selbstlos dem Gemahl ergiebt,
So wird sie den mit blut'gen Händen
Ermorden, der sie vor ihm liebt.
Und ohne Willen, ohne Glauben
Wird sie dem Thron die Stütze rauben.

König.

So sagt das Wort, das schreckenswahr,
Beängst'gend wie der Nächte Mahr
Auf meiner Seele mordend liegt.

Atli.

Und ganz dein beff'res Sein besiegt.
So plagst du nun seit Jahr und Tag
Die Ärmste einsam hier im Hag.

König.

Du weißt es, wer es klug erkannt.
Graf Hedin hat es mir genannt,
Das düst're Wort, das unergründlich,
Von einem Weib, das unauffindlich

In unsern Thälern, einst zur Nacht
In feu'rigen Runen mir gebracht.
Du weißt es, gleich den klugen Frauen,
Kann Hedin in die Zukunft schauen.
Auch weißt du, daß im heil'gen Hain
Die Priester ihn in's Höchste weih'n,
Der Zukunft Nacht ihn deuten lehren,
Der Nornen Schicksal zu erwehren.

(König geht. Atli sieht ihm mit mitleidigem Kopfschütteln nach, will ab nach der andern Seite.)

4. Auftritt.

Helgi. Atli.

Helgi (hält Atli zurück).

Hat Strahlenhein für Recken Raum?

Atli (erkennt ihn nicht, vorsichtig).

Wenn's nicht in Frieden ist, wohl kaum.

Helgi.

Die Klugheit spricht aus deinem Mund.
Die Vorsicht ist der Weisheit Grund;
Doch eine Tugend acht' ich mehr
Als diese beiden, goldesschwer,
Den Mut. Das ist des Bären Art,
Wo Kühnheit sich mit Stärke paart.
Mag sich der Luchs in's Dickicht schleichen,
Des Bären Stärke muß er weichen.

Atli (wie oben).

Die Stirn ist frei, doch düster blickt
Dein Auge, daß zusammen schrickt,

Wen seines Sternes Feuer trifft.
Und deine Worte, süßes Gift,
Sie schleichen gleißnerisch und fein
Sich trügerisch in's Herz mir ein.
Bist du der Luchs, der Listig-Schlanke?
Der Bär mit krafterprobter Pranke?

Helgi.

Ich gleiche nicht dem Listbewehrten.

Atli (ausforschend).

Wen schätzest du?

Helgi.
Die mich belehrten.

Atli (wie oben).

Der Adler, weilt er auch im Moor
Der Drommel gleich?

Helgi.
Zur Luft empor,
Zur endlos reinen Himmelssphäre
Entsteigt er schnell dem dunklen Meere
Und badet sich im Sonnenlicht.

Atli.

Wer bist du, der mir also spricht?

Helgi.

Graf Atli aus dem Waring-Stamme
Erlosch des Mutes Kriegesflamme
Wie deine Haare silberweiß?

2*

Atli.

Wer bist du? Der mir siedend heiß
Erinn'rung durch die Seele jagt?
Was nicht mein Herz zu denken wagt,
Wie Frühlingsodem weht's mich an!
Erinn'rung ist ein süßer Wahn,
Heiß packt sie unser tiefstes Fühlen,
Gährt auf in uns mit blut'gem Wühlen.
Im eignen Blute wütet sie,
Die grausam süße Phantasie.
Ob wir uns selber ihrer schämen,
Ein Wurm ist's, den wir nimmer zähmen.
— Du bist es, Helgi! Ja, du bist es!
Ich laß dich nicht! Mein Sohn, er ist es!

Helgi.

Ja, ja! Ich bin's, deckt auch der Bart
Des Knaben Kinn, dieselbe Art
Ist's noch, ich hoff', wie ich auch hier
Dieselbe finde.

Atli.

Willkommen mir!
So wie im Lenz der Vogel kehrt,
Dem Winterfrost und Schnee gewehrt,
So singt mein Herz mit Jubelschrei
Nach Lebenssturm im Wonnemai.
Und rings, wie schön ist die Natur!
Der Wald, der Hain, die ganze Flur,
Sie stimmen in mein Jauchzen ein.
So heiß ich in der Väter Hain
Willkommen dich und die dir gut.
Doch Helgi, Helgi! Hedins Wut,
Sie ist nicht durch die Zeit gemildert.
Die Fremde hat den Sinn verwildert,

Du schonst ihn nicht, ich kenn' dich wohl.
Der König, deiner Ehre voll,
Er heißt gewiß dich auch willkommen. —
Was kann der alte Streit dir frommen,
Ich bitte dich, reich ihm die Hand,
Er ist dem König anverwandt,
Graf Hedin ist des Thrones Stütze
Es ziemt sich wohl, daß ich ihn schütze.
Er ist des Königs Schwestersohn.
Ich bin hier Mann. Du weißt es schon,
Blutsfreundschaft bindet ihn und mich,
Die König Schwertwart einst und ich
In uns'rer Jugendzeit geschworen.
Mein Wort für dich, es wär' verloren.
Die neue Treue weicht der alten,
Ich darf nicht deine Rechte halten,
Wenn du dem Throne Fehde beust.

Helgi.

Was ist's denn, das du also scheust?
Was will der mir, der Wütende,
Dies Weib, das finster brütende,
Das hinter List und Trug sich stellt?
Ein Hund ist's, der von ferne bellt.
Mag er mit Tränken sich befassen,
Ich will von meinem Schwert nicht lassen.
Das ist die alte gute Art,
Um die ein männlich Volk sich schart,
So lang Walhall auf Nertha ruht.
O fürchte nichts, mein heißes Blut,
Die Jahre haben es gemildert.
Sind meine Sitten auch verwildert,
Im Heerzug in der Völker Streit.
Ob er besudelt mich, bespeit,
Ich weiß, hier bin ich fürder Mann

Von Schwertwart und ein Gast fortan.
Und nicht vergeß' ich, daß ihn zeugte
Der Mann, dem ich mich willig beugte.
Mag er mit Weibern schäkern, necken,
Und auf die Bärenhaut sich recken,
Ich will mich friedlich bei ihm strecken,
Heerkönig nur von meinen Recken.
Mich lüstet nicht nach neuen Streichen,
Ein and'res will ich hier erreichen.

Atli.

Und deine Helden, deine Mannen?
Du führtest sie doch auch von dannen?
Sie folgten dir doch auch hierher,
Wie sie dir folgten über's Meer.
Als Wikinger?

Helgi.

Am sichern Ort,
In jener Schlucht. Ich barg sie dort,
Wo hinter hohem Felsenrand
Ein Schutz sich vor der Brandung fand.
Nicht thatlos werden sie dort bleiben,
Sie werden sich die Zeit vertreiben.
Beim Würfelspiel und Becherklang
Wird ihnen ihre Zeit nicht lang.
Indes ich in der Heimat Höh'
Nach alten Freunden forschen geh'.
Und herrscht hier noch der alte Spruch,
So wird man uns hier nicht verweisen,
Denn Beute bringen wir genug
Und frischen Wein von unser'n Reisen.

Atli.

Ein Fels bist du, an dem zerprallt
Wie Gischt, was dir entgegen schallt.

Der Warnung wohl durchdachter Brauch
Verweht vor dir wie leichter Hauch,
Und ob dir Sturmesboten sprechen.
Du bist gekommen, dich zu rächen!
Verlachst geheim des Klugen Stimme
Und bleibst bei deinem alten Grimme.

Helgi.

Kein Wort! Tot sei der alte Zwist!
Was in mein Herz geschrieben ist,
Ein Kleinod ist's, so süß gerüstet,
Wer es gekostet, den gelüstet
Nicht fürder Beut' als die allein. —
O frag' mich nicht, was mag das sein.
Glaub' mir, nach heißdurchtobter Schlacht
In Sturmesbraus, in Wetternacht,
Ein Stern war's mir. Er ist mein Leben,
Von ihm erwarte ich voll Beben
Nun mein Geschick. Das ist mein Wille,
Drum weil' ich hier, ob sich erfülle,
Was ich ersehnt, erkämpft, erhofft.

Atli.

Der Hoffnung Schein, wie täuscht er oft.
Nicht fasse ich dein heimlich' Sinnen,
Doch wünsch' ich Segen und Beginnen.
Daß du nicht feindlich kommst, dein Wort,
Es bürgt mir? Das ist sich'rer Hort.
Ach, anders ist's hier, als ihr's wißt:
Alf hat uns schon seit Jahresfrist,
Tribut und Zahlung auferlegt.
Nichts sind wir als des Alfur's Knecht.

Helgi.

Und ihr mögt leben, weiter leben
In steter Angst und stetem Beben!

Ihr Alfurs Knecht? Und Helas Macht
Verschlingt euch nicht in ew'ge Nacht!
Ihr könnt den Tag noch ferner grüßen!

Atli (zornig).

Was du verbrachst, wir müssen's büßen!
Laß sehn, ob dir dein Wolfsfell echt
Und fordere ihn zum Gefecht.
Du sprichst in kühnem Übermut,
In deiner Jugend heißem Blut.
So sind auch wir in frommer Jugend
Erglüht in uns'rer frühsten Jugend.
Leicht ist es einen Feind zu reizen
Und ihm die Augen keck zu beizen,
Doch ihn zu halten, ihn zu fällen,
Ist schwerer als ihn nur zu stellen.
Den kecken Jugendübermut,
Er rächt ihn nun an unser'm Blut
Und zahlt uns alles dreifach wieder.
Alljährlich steigt er zu uns nieder.
Den Überfall und seine List,
Wir fürchten sie zu jeder Frist.

Helgi.

War er es nicht, der Zahlung zollend
Tribut mir brachte, eh' ich grollend
Von dannen zog von unser'm Hain.
Sind Weiber nur in Strahlenhein.
Wo sind die Krieger denn geblieben,
Daß er wie Schafe euch getrieben!

(Stößt laut schallend in's Horn).

Halloh! Halloh! Ihr meine Mannen!
Der Haß, die Feindschaft zieh' von dannen.

Und Eifersucht entfliehe weit.
Was schert uns jetzt der alte Streit.
Halloh! Hier giebt es neue Beute
Und neuen Kampf für meine Leute.

(Helgi ab. Atli folgt.)

5. Auftritt.

König Schwertwart. Godomar und Guntram. Dann von der
anderen Seite Krieger und Volk. Hedin.

König.

Bei Wodan, meine wack'ren Helden,
Nichts gutes habt ihr mir zu melden!
Ich seh's an eu'ren Mienen wohl;
Denn festlich nicht und freudenvoll
Ist, was euch so erregen kann.

Guntram.

Den König schütze Wuotan.

König (entsetzt).

Was ist's.

Guntram.

Herr —

König (wie oben).

Alfur?

(Volk hereinfliehend: „Alfur! Alfur!")

König.

Guntram, sprich,
Wo ist denn Hedin? Sicherlich
Verwundet.

Hedin (trotzig hervortretend).

Nein!

König.

Wie kann das sein?
Ihr alle seid vor ihm gewichen?

Hedin.

Heimtückisch, wie ein Wolf geschlichen,
Unvorgemeldet brach er ein.
Und während ich im heil'gen Hain
Der Priester Opfer fromm mich beugte,
Mich demutsvoll vor Freyja neigte,
Erscholl der Kriegstrommete Ton.
Es waren seine Krieger schon
Bis an des Festes Kreis gedrungen.
Die Priester waren leicht bezwungen.
Es trafen ihre Wurfgeschosse
Selbst unf're heil'gen Opferrosse.

König.

O Helgi! Helgi!

Hedin (in drohender Wut aufspringend).

Dieser Nam' —!

König (fest).

Du schweigst, mein Sohn. Daß dich die Scham —!
(Hedin fährt wie zerschmettert zurück. König Schwertwart folgt ihm, sich
unterbrechend, sanft.)
Stolz erfüllte meine Seele,
Als die Mutter dich gebar.
Da dein Auge blau und helle
Auf mir ruhte licht und klar.

Welche Hoffnung, welche Träume
Füllten meine Seele ganz.
Was sind Freyjas lichten Räume
Gegen solcher Wonne Glanz.

In dem lichten Waffenscheine
Sah ich streitend dich voran,
Jugendlich in frommer Reine,
Spiegel einem jeden Mann.

Hedin.

Wer wehrt es mir, bin ich nicht Erbe
Von Wälsungs Göttergeschlecht?
Nein, laß mich. Wenn ich dann sterbe
Ist's besser als ewig ein Knecht.

König.

Der Mut allein, mein Sohn, ist's nicht,
Auch nicht der Tapferkeit Gesicht.
Nur wo mit Mut und Tapferkeit
Sich List und Überlegenheit,
Erfahrung klug zum Bund sich zwingen,
Da mag man wohl den Sieg erringen.
Es ist der Jugend Kühnheit Traum,
Aufgährend wie ein leichter Schaum,
Wo Neid sie und Verzweiflung giebt.

Hedin.

Ich weiß, du hast ihn stets geliebt,
Den Helgi, den ich ewig hasse.
Und ob ich deine Hand hier fasse,
Er nimmt mir noch den Ruhm hier fort,
Und weilt er auch am fernsten Ort. —
Doch nieder, was hier innen brennt,
Was heiß hier durch die Adern rennt.

Ich bleib' ein Knabe dir und Kind,
Ob Jahre auch verflossen sind,
Daß mir der Bart am Kinn schon sproß.   –
Auf Krieger! Auf mit Mann und Roß!
Habt ihr Vertrau'n zu mir?
(Jubelruf der Krieger.)   Wohlan!
Werft euer Festkleid ab, und dann
Das Schwert heraus! Kommt! D'rauf und d'ran!
(Alle ab.)

König.

Ihr Götter Dank, er ist doch Mann.   (Ab.)

6. Auftritt.

Charibert. Siegebert. Halvar (von verschiedenen Seiten), dann
Helgi.

Charibert.

Was? Vernahmt auch ihr es schon?

Siegebert.

Das war nicht des Festes Ton,
Der zu unser'n Ohren drang.

Halvar.

War's nicht Helgis Horn, das klang?

Charibert.
(Trompetenton.)

Hört ihr nicht? Sind Kriegstrommeten!
Sollten wir uns schon verspäten?
Helgi ist noch nicht zurück.

Siegebert.

Dort am Himmel Feuerblick?
Das ist nicht des Opfers Brand.

Charibert.

Hast du es noch nicht erkannt?
Kriegesbrand und Fackel ist es.

Halvar.

(Trompetenton.)

Helgis Horn! Vernehmt! Er ist es!

Helgi (kommt eilig).

Fort die Bärenhaut, die Becher!
Heute kommen wir als Rächer.
Fort denn, laßt uns nicht mehr säumen.
Ruft aus allen Drachenräumen
Mir die Recken jetzt zusammen.
Dann entfach das Kriegesflammen.

(Charibert, Siegebert und Halvar ab.)

7. Auftritt.

Helgi, dann Sigrun und Gespielinnen.

Helgi.

Hör' ich denn Walküren=Sang?
Was bedeutet dieser Klang?
Welch' ein Aufzug hier im Hain!
Nur ein Traumbild kann das sein!

Chor der Jungfrauen (singen).

(Sigrun wird auf einer zierlich mit Blumen und Baldachin geschmückten Bahre getragen.)

Droben über jenen Sonnen
Weit von dieses Elends Land
Ist des Lebens Schnur gesponnen
Von der Nornen leiser Hand.

Unerbittlich winkt dem einen
Dornen nur auf seinen Wegen,
Kampf und Ringen, Elend, Weinen
Und dem andern Glück und Segen.

Aber eine reine Seele
Zwingt des Schicksals rauhe Hand;
Denn der Unschuld sanftem Flehen
Weicht der Götter harter Stand.

Helgi.

Ha! Wie klopft mit heißen Schlägen
Dir mein ganzes Herz entgegen
Freudig und voll Seligkeit,
Leuchtend wundersame Maid.

Sigrun (erkennt Helgi, schreiend vor Freude).

Helgi!

Helgi.

Sigrun! — Ja, du bist es;
Dieser Mund, derselbe ist es,
Dieser Lippen Purpurprangen,
Das ich sonst voll Glutverlangen,
Ach, so oft, so oft geküßt.
Du mein Stern, sei mir gegrüßt.

Sigrun (an seinem Herzen).

Helgi! Helgi! Ist's kein Wahn?

Helgi.

Ja, ich bin's.

Sigrun.

Geliebter Mann.

Helgi.

Und du hast mich nicht vergessen?

Sigrun.

Hab' mich all' die Zeit vermessen
Dein zu denken.

Helgi.

Süßes Glück.

Sigrun.

Wie der Sonne goldner Blick
Leuchtet uns das Wiedersehen.

Helgi.

Wie der Lenz nach Winterswehen
Lächelt mich dein Auge an.
Zweifelnd, wie im süßen Wahn,
Will mein Herz es noch nicht glauben.
Weich wie der Wachholdertrauben,
Deine Lippen purpurglühend,
Deine Augen, Liebe sprühend,
Wieder ziehen sie mich an,
Wieder — wieder —

Sigrun.

Teurer Mann. —

Weich umfließt mich die Natur,
Wonnig blüht mir Wald und Flur,
Zwitschern tönt von allen Zweigen,
Aus den Blüten Elfenreigen.
War so bunt die Wiese schon?
Und so süß der Vögel Ton?
Horch, was raunt die Quelle leise?
Ist es nicht die eine Weise:
Liebe tönt aus ihr entgegen,
Liebe schallt's von allen Wegen.

Helgi.

Auch in meiner Seele Tiefen
Empfinde ich allmächt'gen Drang,
Als ob die Götter selbst mich riefen,
So zwingt mich deines Mundes Klang.

Und süße Zauberkraft der Liebe
Entzündet mich zu neuer Glut,
Und tausend heil'ge neue Triebe
Erwachen mir und neuer Mut.

Dein Antlitz ist mir neues Leben,
Und deine Worte mein Gebot,
Du warst mein Denken, bist mein Streben,
Du warst mein Schutzgeist, bist mein Gott.

Sigrun.

Ja, so sprach in meinem Herzen
Eine Stimme auch für dich.
Und mit Sehnsucht und mit Schmerzen
Dacht' ich deiner minniglich. —

Balders Wagen abgespannt
Dunkelte am Waldesrand;

Wie dann aus der Nächte Hülle
Schon des Mondes Strahlenfülle
Durch des Waldes Dickicht lugt,
Hast du mir vor deiner Flucht,
Meiner innig eingedenkt,
Diesen Reifen hier geschenkt.
Seit der Zeit, wo ich auch weile,
Wo ich bin, wohin ich eile,
Was ich thu', wo ich auch säume,
Du füllst alle meine Träume.
Meiner Seele einz'ge Ruh',
All mein Sehnen, das bist du.

Chor der Jungfrauen (singen).

Aus der Götter heil'gem Kreise
Still in wunderbarer Weise
Zieht die Liebe in das Herz.
Und wie aus geheimer Quelle
Mehrt sie sich mit Zauberwelle
Zieht die Seele himmelwärts.

Macht zum Edlen selbst den Argen,
Und was Götter sonst verbargen
Findet jetzt ein reiner Sinn.
Selbst des Folkwangs Seligkeiten
Geb' ich für der Liebe Freuden,
Für das Glück der Liebe hin.

Sigrun.

Ha, was that ich!

Helgi.

Was, mein Schwan?

Sigrun.

Fort, mein Glück! Rühr' mich nicht an!

Helgi.

Sigrun!

Sigrun.

Schon' mich!

Helgi.

Du verzagst? — —
Du vergißt, was du versprachst!

Sigrun.

Ich vergessen, was ich sprach?
Ehe läßt das Licht den Tag,
Eh' mein Herz das deine läßt.
Flieht der Vogel auch dem Nest,
Wenn Gewitter ihn umtosen?
Doch der Sturm bricht auch die Rosen
Und der Frost des Sommers Wehen.
Rede nicht. Wer kann verstehen,
Wenn wir wandeln noch hienieden,
Was die Götter uns beschieden.

Helgi.

Rede doch, daß ich's verstehe.
Willst du denn, daß ich vergehe
Wie die Nacht am Morgenhimmel!
Sieh, in allem Schlachtgetümmel,
In dem Seesturm, in der Not
War dein Bild mein Machtgebot.
Ja, umtürmt von Blut und Trümmern
Sah ich noch dein Auge schimmern.
Deine Liebe war mein Leben.
Und da du mir nun gegeben,
Weichst du scheu vor mir zurück?
Dein zu sein war all mein Glück,

Dich erringen all mein Flehen.
Und nun willst du von mir gehen?
Wenn ich wieder heimwärts kehrte,
Heim zu meiner heim'schen Erde,
Deinethalben nur geschah es.
Wodan und Walhalla sah es,
Wie ich einst auf blut'ger Spur
Dieses bei der Hela schwur.
Deiner Lieb' gehör' ich an.
Und du fliehst, mein wilder Schwan?

Sigrun.

Zweifelst du an meiner Treue?

Helgi.

Nie, Geliebte.

Sigrun (zu den Gespielinnen).

Geht, Getreue.
Ich werd' folgen; denn für's Fest
Schwand der Mut mir.   Andacht läßt
Sich nicht zwingen, wenn im Herzen
Zittern unbezwung'ne Schmerzen.   (Gespielinnen ab.)

8. Auftritt.

Helgi. Sigrun.

Sigrun.

Mag der Tag dem Morgen wehren?
Nacht der Dunkelheit entbehren?
Aber vor der Nornen Macht
Schwindet Licht und Tag und Nacht

Wie der Spreu im ew'gen Feuer.
Und wie Spreu auf freier Scheuer
Ist der Mensch in ihrer Hand.
Ach, ein Spruch, mir unbekannt,
Er verdammt mich einsam hier.
Es ist ein Verhängnis mir
Aus der Nornen Rat geboren.
Weiß ich's was sie mir erkoren?
Vater brachte mich herein
Hier im Schutz vom heil'gen Hain,
Den nach hehrem Götterrat
Nie ein Männerfuß betrat.
Treu von Atlis Hand bewahrt
Hab' ich Jahre hier geharrt.

Helgi (auffahrend).

Und warum? Um Hedins willen!
Ah! Ich seh' des Maulwurfs Wühlen,
Seh' sein unterirdisch Schaffen!
Nicht der Ruhm von meinen Waffen
Kränkt ihn also wie der Sieg
In deinem Herzen.

Sigrun
(vor seinem leidenschaftlichen Wutausbruch auf's höchste erschrocken).

Helgi!

Helgi (wie oben).

Dich
Zu besitzen ist sein Streben.

Sigrun (wie oben).

Helgi, ich vernehm' mit Beben,
Noch derselbe bist du! Sprühend

Rollt dein Blick, unheimlich glühend
Gährt in dir des Hasses Gift.

Helgi (wie oben).

Ja, ich bin's, wenn's dich betrifft.

Sigrun.

Horch! Man kommt! Horch! Kriegstrommet'!
Laß mich jetzt, eh es zu spät.
Laß mich jetzt, ich bitt' dich, bleib'. (Ab).

Helgi.

Sigrun! Göttin! Weib! Mein Weib!

9. Auftritt.

Helgi. Reifgerde.

Reifgerde

(in voller Kriegsrüstung, mit gezogenem Schwert, hält ihn zurück).

Halt, mein Freund!

Helgi (fährt zurück).

Ah —!

Reifgerde (stolz, höhnisch).

Ja, Reifgerde!

Feige sucht dein Blick die Erde.
Ah! Mich magst du nicht erwarten
Nach so sel'gen Liebesfahrten.
Nach der Taube zartem Girren
Liebt man nicht des Bogens Schwirren
Und den harten Kriegesschrei.
Halt!

Helgi (stolz, ruhig, verächtlich).

Zurück! Laß mich vorbei!

Reifgerde.

Steh' mir, wenn du nicht ein Wicht!

Helgi (voll Hohn).

Bist du's, Mädchen, oder nicht?
Bist du Alfurs Bett entlaufen?
Oder will er dich verkaufen
Überdrüssig deines Leibes?

Reifgerde.

König Alfur — seines Weibes
Ehre wird er selber rächen.

Helgi.

Du — sein Weib, hör' ich dich sprechen?
Du, die Sklavin meiner Macht,
Meine Beute in der Schlacht,
Meines Bogens gutes Recht?

Reifgerde (wutschnaubend).

D'ran erinn're, Sklave, Knecht!
Eine Königin steht vor dir!

Helgi.

Du?

Reifgerde (zischend).

Ja, wie das wilde Tier,
Das man, geht der Tag zur Rüste,
Jagt, ja, wie das Tier der Wüste
Hat dein Bogen mich erlegt.

Was mich selber dann bewegt,
Nicht umsonst sei dir's verraten!
Rühm' dich deiner feigen Thaten,
Die Verschmähte, Kön'gin schön,
Königin auf Alfurs Thron,
Deine Herrin wird sie jetzt.
Wie ein Hund zu Tod gehetzt,
Also hast du mich verschmäht,
Gras ohn' Nachsicht abgemäht,
Das zu deinen Füßen liegt.
Und verkauft — weil ich besiegt —
Hast du mich gleich andern Waren
Schnöd' für Geld an Alfurs Scharen.
Weißt du, warum ich gekommen?
Weil ich deinen Ruhm vernommen.
Dich zu suchen, nicht zu meiden,
Mich an deinem Fall zu weiden
War mein Wille.   Dieses Bild
Mit der Taube süß und mild,
Dieses freilich sucht' ich nicht.
Düst're nicht dein Angesicht.
O, ich gönn' dir ihre Nähe;
Denn der Aar freit keine Krähe
Und die Eule nicht den Aar.
Gleich und Gleiches giebt ein Paar.

Helgi.

Nicht die Eule?   Nicht die Krähe?
Sprichst du mir von deiner Nähe?
Freilich, Mädchen, weißt du dort,
Auf den Knieen, hier am Ort,
Die Gesang'ne meiner Macht,
Meine Beute in der Schlacht,
Deine Liebe wollt' ich nicht?
Düst're nicht dein Angesicht.

Gab dich Alfur preis für Geld,
Der dich als sein Weib nun hält?
Freilich, ihm sei deine Nähe,
Denn ein Aar freit keine Krähe.

Reifgerde.

Ha —!

Helgi.

Mein Mädchen, laß dein Dräuen.
Wer wird deine Rache scheuen.
Scheut der Bär des Fuchses Bellen
Und der Wolf das Vogelstellen?

Reifgerde.

Doch im klug gelegten Graben
Wird man bald den Bären haben.
Und dem Wolf, der gierig fraß
Ächzend noch am eklen Aas,
Wird man ohne Hundebellen
Bald genug die Falle stellen.
Doch ein Bär du? Feiger Luchs
Schleichst verborgen wie der Fuchs.
In der harten Zeit der Not,
Als dein Volk für uns ein Spott,
Warst du über's Meer entfloh'n.
Ah! Vernimm es, weißt du schon,
Schwertwart zahlt uns nun Tribut.
Er, sein Reich mit Mann und Gut,
Du, sein Mann, bist unser Knecht,
Dienstmann nun nach gutem Recht.
Siehst du dort das Flammenzeichen?
Balders Glut muß vor ihm weichen.
Freudenfeuer sind es nicht.
Alfur ist's, erzitt're Wicht!

Mein Gemahl, du Knecht, dein Herr.
Nicht genug. Vernimm noch mehr.
Das Geheimnis deiner Taube,
Das Verhängnis, dieser Glaube
An der Norne düst'rer Spruch,
Der dein Glück in Scherben schlug,
Alles weiß ich. Zitt're du.
Ihren Frieden, ihre Ruh'
Reiß ich aus dem Herzen ihr.
Rolle wie ein wildes Tier
Deine Augen Haß entsprühend,
Denn mein Herz, nicht minder glühend,
Das um ihrer Augen willen
Du verwarfst, es will nun stillen
Seine Lust an deiner Blassen.
Ich will sie nicht minder hassen
Wie der Tod, der schreckensbleich
Uns befällt.

Helgi (unheildrohend).

Von dieser schweig!

.

Reifgerde (haßerfüllt).

Sie zu quälen kam ich her.
D'rum verließ ich kühn das Heer.
Denn ich wußte sie im Forst.
Hier im warmen Taubenhorst
Wollte ich sie martern, quälen
Mit den Ängsten ihrer Seelen.
Denn ich weiß, wie eis'ger Hauch
Lastet das Verhängnis auch
Tödlich ihr auf ihrer Brust.
Dieses weiß ich. Mir zur Lust
Soll sie meine Sklavin sein.
Alfur herrscht in Strahlenhein.

Meine Beute soll sie werden.
Meine Beute! Gleich Reifgerden
Einst, so soll sie mir zu Füßen
Dort am Boden alles büßen,
Alles büßen Schritt vor Schritt,
Was ich hier im Innern litt,
Tausendfach, was mich einst beugte.

Helgi (dringt auf sie ein).

Du aus Natterngift Gezeugte!

Reifgerde (flieht in den heiligen Hain).

Nun? Was stehst du? Hier herein,
Folg' mir in den heil'gen Hain,
Wenn du kannst. Das Weib auch, sieh,
Ist zu fürchten. Meine Kraft
Ist's nun, die mir Rache schafft.
Schmähe ihre Schwäche nie,
Was dem Mann die Stärke ist,
Ist dem Weib die kluge List.
Jetzt ist sie in meiner Hand
Wehrlos. Ob dir's auch bekannt,
Magst du nichts für sie beginnen.
Ha, was schreckt dich aus den Sinnen?
Nun, wohlan, sie büße, leide,
Denn ich weiß, es trifft euch beide.

(Ab in den heiligen Hain.)

Helgi.

Das kann keine Gottheit wollen!
Will ich sonst auch Ehrfurcht zollen
Allem, was ihr heilig ist.
Dies ist mehr denn Weiberlist,
Dies ist einer Wölfin Sinnen.
Reiß' mich denn der Fluch von hinnen,

Der auf diesem Frevel ruht!
Zögern ist des Feigen Mut.
Sei es auch im heil'gen Hain,
Sigrun muß ich Schützer sein.

(Ab in den heiligen Hain.)

10. Auftritt.

König Schwertwart. Krieger. Hedin. Guntram. Godomar.

Fliehende Krieger.

Rettet euch, ihr Brüder! Flieht!

Hedin.

Alles Kämpfen ist vergebens.

Guntram.

Wodan, Lenker unser's Lebens,
Der dort mild im Wetter glutet!
Tragt den König fort, er blutet
Schon aus mehr als einer Wunde.

König (kommt gestützt).

Laßt mich sterben. Diese Stunde,
Diese Täuschung sei die letzte.
Was ich je im Leben schätzte,
Alles ist dahin gegeben.
Was noch soll mir dieses Leben,
Müd', ein totgehetzter Aar —

Godomar (kommt).

Fort, schon naht der Feinde Schar
Unaufhaltsam Glied vor Glied.
Was noch Leben hat, das flieht

Vor der trunk'nen Siegeslust.
Alles flieht, und zielbewußt
Mag sich niemand vorwärts wagen.

Guntram (ihn beschwörend).

Herr und König, laß dir sagen.

11. Auftritt.

Vorige. Alfur und seine Krieger.

Alfur.

Dort herum, ihr wack'ren Krieger!
Sperrt den Weg, ihr tapf'ren Sieger!
Niemand kann uns so entgeh'n.

(zu Schwertwart)

Irr' ich mich, was muß ich seh'n?
Heil dir König Siegevoll!
Geht es deiner Tochter wohl?
Ob man um sie werben kann?
Mich verschmähte sie, „den Mann
Ihres Vaters", wie sie sagte.
Ob sie's noch zu sagen wagte,
Wenn ich jetzt mit edler Glut
Nochmals werbe?

12. Auftritt.

Vorige. Helgi mit den Witingern.

Helgi.

Otternbrut!

Krieger.

Welch ein Wunder! Helgi ist es!

König.

Helgi! Helgi! Ja, du bist es!

Helgi.

Der Verstoß'ne, der Verkannte,
Der vom Hofe einst Verbannte.
Doch vergeßt's, hier giebt's zu schaffen,
Laßt den Haß, greift zu den Waffen,
Die so lange schon gehangen.

Alfur.

Übermüt'ger, das Verlangen
Zahl' mein Schwert dir hier zum Hohn.

Helgi.

Zahl' es mir! Hier ist der Lohn!
(Er erschlägt ihn).
D'rauf! Was zögert ihr noch lange!
Her das Schwert! Daß schreckensbange
Alles hin zu Hela fährt!

Charibert.

Treibt sie fort!

Ziegebert.

Heraus das Schwert!

Alle.

Treibt sie fort! Heraus das Schwert!   (Alle ab.)

(Es ist wohl angebracht, daß Alfur so fällt, daß er von den Fliehenden mit-
geführt wird, weil noch 5 Auftritte folgen. Andere treten kämpfend vor, um
die Abführung seiner Leiche zu schützen.)

13. Auftritt.

(Ein Augenblick Pause. Waffenlärm und Hörnerklang, der sich mehr und
mehr entfernt.)

Hedin (allein).

So fährt der Wolf dem Eber in das Fell
Zur harten Winterszeit, da funkelnd hell
Der Mond die schneebedeckten Forsten streift,
Und Frost die Forsten zitternd weiß bereift;
Wenn er nach Nahrung heischend blutgiertoll
Vor Hungerqual sich seine Beute holt. —
Es dämpft sein Arm die feige Räuberbrut,
Erstickend wälzt sie sich im eig'nen Blut.
Und ich — gestürzt und schwach, ein müdes Pferd.
Mein Arm ist schlaff und schartig scheint mein Schwert,
Wenn ich ihn seh': Ein Wolf umkläfft von Meute.
So stürzt er mordend sich auf seine Beute.
Und dichter wie im Mai der Abendtau
Füllt blutend schon der Feind ringsum die Au'.
Und wie ein Aas, verächtlich bin ich nun
Wie dort im Schilf das tote Wasserhuhn.
Wer kennt mich noch, und wer noch mein Begehr,
Nicht fragt man mich nach meinem Willen mehr.
Ward ich geboren nur für diese Pein?
Ich sollte Sklave eines andern sein!
Er oder ich! Ein anderes giebt es nicht!
Die Erde trägt nicht länger das Gewicht
Von beiden. Ja, im eng gedrängten Raum,
Da hält sich wohl der Most, doch nicht der Schaum.
Aufbrausend bäumt er sich und springt hinaus.
Und sich befreiend bricht er gährend aus.
Von meiner Jugend an stand ich zurück.
Er nahm den Segen mir, nahm mir das Glück.
Wo ich alleine stand, ein junges Reis

Am Eschenbaum war ich, das schaukelnd leis
Ob allem Volk sich streckt und segnend fächelt
Und Schatten giebt, wenn heiß die Sonne lächelt.
Doch wo er austrat, war er mir der Keil,
Der eindrang, und zermalmend wie das Beil
Am zarten Ast die Rinde mir zerhieb.
Was ich geliebt, geschätzt, erstrebt, es blieb
In seinen Händen. Was mir nie gelungen,
Mit leichter Mühe hat er es errungen.
Er stahl des Volkes Herz mir, nahm die Macht,
Auch dort, wo Liebe mir entgegen lacht.
Mag er sich Ansehn, Macht und Ehre rauben,
Könnt' ich nur noch an meine Liebe glauben.
Doch dieses wird mir nun nicht mehr gelingen,
Des Königs Tochter, Sigrun, zu erringen.
Um seinethalben ja erfand ich nur
Den harten Fluch und den Verhängnis-Schwur.
Ich kaufte jenes Weib, die Seherin,
Und deutete der Worte arger Sinn,
Den alten gläub'gen König zu entsetzen
Mit Nornenspruch und finsteren Gesetzen,
Die düster ein Verhängnis ihr ersonnen.
Und auch der Priester Schar hab' ich gewonnen.
Umsonst ist alles jetzt, da ist er wieder.
Und alles schlägt sein helles Auge nieder.
Und nichts mehr schützt sie, denn ihr Herz ist sein.
Die Einsamkeit, die Heiligkeit im Hain,
Der Glaube eines Volks — was ich auch wähle,
Was will das gegen Leidenschaft der Seele.
Flammt sie helllodernd auf, in nichts zerfällt,
Was Menschensatzung und Bedenken stellt.
Vorbei —! Vorbei? Vorbei ohn' alles Rechten?
Nein! Nein! Abringen will ich's ihm, abfechten!
Den frischen Lorbeer will ich ihm entreißen!
Es zeigt der Wolf sich erst am blut'gen Beißen. (Ab.)

14. Auftritt.

Reifgerde und einige Krieger.

Reifgerde.

So ist's denn wahr? Nicht täuscht mich das Geschrei?
Du flohst, Alfur, und alles ist vorbei!
Alfur, der Feige floh! O Schamesglut
Steigt in die Wange mir! — (schreit auf) Sein Blut!
Sein Blut!
Erschlagen hat man ihn? (Hat sich niedergeworfen, wie über sein
Blut gebeugt.) Ihr hört's? Es ruft,
Es stöhnt vom Hain her durch die Abendluft!
Sein Geist ist's, der blutrachedürstend irrt!
Ihr hört's nicht, wie es durch die Lüfte schwirrt?
Er ist es, der sein Blut für mich vergossen. (Erhebt sich.)
O! Ungestraft ist nicht dein Blut geflossen.
Ob in Walhall, ob du in Hel geblieben,
Blutrache will ich furchtbar für dich üben!
Bei deinem blut'gen Haupte schwör' ich's dir!
(Zu den Kriegern.)
Verlaßt mich nun, ihr Mannen. Ich bleib' hier.

(Krieger ab.)

15. Auftritt.

Reifgerde (allein).

Der Schmerz hier — nein, ich will mich nicht belügen.
Ich will mein Herz nicht wissentlich betrügen!
Nicht dies Blut ist's, was mich zur Rache treibt.
Was lodernd mir im Herzen haften bleibt,
Wie Feuerflammen hier in meiner Brust,
Das ist des Weibes Scham, die nun voll Lust
Nach Rache sucht an dem, nach dem sie schmachtet,
Und der voll Hohn die heiße Glut verachtet.

Die Stunde, die ich schon gekommen wähnte,
Die Rachestunde, die ich heiß ersehnte,
Sie ist dahin. — Dahin? — Dir nicht zu frommen
Bist du zurück in dieses Land gekommen.
Noch bin ich da! Wie Wachs zu meinen Füßen,
Was ich gelitten, zehnfach sollst du's büßen.

16. Auftritt.

Reifgerde. Hedin.

Hedin (für sich).

Nicht länger hält's mich in verhaßter Näh'!
Wenn ich ihn wie den Bären kämpfen seh,
Wie Rohr am Strand, vom Abendwind gewiegt,
Sinkt mir der Arm, und nimmer, nimmer siegt
Mein Mut, wenn ihn mein Auge streitend schaut.
So wie's am Morgen übermächtig graut,
Daß sich die Nacht nicht länger wehren kann,
So wächst in mir jetzt übermächtig an,
Was in mir gärt seit meiner Jugendzeit.
Nicht Aug' in Auge, nicht im offnen Streit
Will ich ihn fällen. Nicht vergebens lehren
Die Priester mich mit dunkler Macht verkehren,
Und was sich birgt in mancher Kräuter Saft,
Das leicht und schneller als das Schwert hinrafft.
Sie sollen mir mit ihren Mächten helfen,
Die finsteren, die schwarzen Nachtmahrelfen.

Reifgerde (für sich).

Dich brauch ich als ein Werkzeug meiner Hand.
Sinnfessel hat man mich voll Spott genannt.
Und deinen Sinn, ich seßle ihn an mich,
Der du denselben Haß schon trägst wie ich.
Denn wo in gleicher Glut zwei Herzen flammen,

Knüpft unzertrennlich sie ein Wort zusammen.
Du dientest mir schon ohne es zu wissen,
Als Sklave diene jetzo mir geflissen.
Denn was dich kränkt, ich weiß es, ungesagt.

Hedin (bemerkt sie).

Ein Weib! Sie weint. — Holdselig Maid, was zagt
Dein Herz?

Reifgerde.

Hinweg!

Hedin.

Getrost. Klag' mir die Not.

Reifgerde.

Dein Schwert, es ist vom Blute noch so rot
Und doch so silbern deines Mundes Töne.

Hedin.

Hier liegt's. Ich beug das Knie vor deiner Schöne.

Reifgerde.

Recht übel steht's dir an, die Maid zu kränken.

Hedin.

Wie mag dein Herz so übel von mir denken.

Reifgerde.

Ein einsam elend Weib, es ist verflucht,
Wenn es verstoßen, bittend Gastrecht sucht.

Hedin.

Was du auch thatest, was du auch verbrachst,
Ich will dich schützen, was du mir auch sagst.

Reifgerde.

Wer könnte Hedins Güte von sich weisen,
Sinnsessel hörte oft sie rühmlich preisen.

Hedin.

Sinnsessel du?

Reifgerde.

Ich bin es, die Verbannte.
Zum zweitenmal, daß sich das Glück so wandte.
Und nichts auf Erden, was mir teuer, blieb,
Mir schwindet alles, was mir gut und lieb.
Und nie mehr wird des Lebens Glück mir scheinen.

Hedin.

Ich schütze dich. Du sollst nun nicht mehr weinen.
Nicht kenn' ich deines Volks besondre Sitte,
Doch folge mir, folg' mir in meine Hütte
Und prüfe mich. Sei meines Hauses Zier.
Mein Heim und meine Minne biet' ich dir.

Reifgerde (ohne Leidenschaft).

Ach, wer ist Hedin, wer erkennt ihn an.
Einst war er König, jetzt ist er nur Mann,
Ein Horn, das nur, wenn's Helgi bläst, erklingt,
Ein Schatten, der sich Achtung nicht erzwingt.

Hedin (unvermittelt aufbrausend).

Ob du ein Weib auch bist, dran rühre nicht.

Reifgerde
(richtet sich stolz auf, hochmütig, mit stummer Verachtung, ruhig).

Mich schreckt kein stirngefurchtes Angesicht.

Hedin (mit Mühe beherrscht).

Ob du ein Weib auch bist, dran rühre nicht!

Reifgerde (wie oben.

Und wenn ich's thu'? Wer hindert mich daran?

Hedin (wie oben, auf sie eindringend).

Wer dich dran hindert!

Reifgerde (wie oben).

Du —? — Man müßte dann
Nicht wissen, wer gebeut, wenn —

Hedin

(laut aufschreiend vor Wut, dringt mit dem gezückten Schwert auf sie ein).

Weib! Du bist —
(besinnt sich)

Ein Mann er hätt's mit seinem Haupt gebüßt.
(mit Überlegenheit)

Nicht gegen dich will ich das Schwert benutzen,
Denn Weiberblut kann nur das Schwert beschmutzen.
(steckt sein Schwert zurück)

Das hier für einen andern, dir der Ring.
Die Minne Hedins scheint dir zu gering?
Sie scheint es dir? Wohlan denn, Mädchen, nun,
Noch heute wirst du billig bei mir ruhn.
Wenn du nicht anders willst, wer hindert mich.
Sieh da. (will sie umfassen).

Reifgerde (unheimlich drohend).

Rühr' mich nicht an!

Hedin (lacht).

Wer rettet dich?
(lüstern)

Und wenn ich's dennoch thu'? Ich bin hier König.
Mein treues Werben, dir scheint es zu wenig?

Sieh zu, wer dich jetzt schützt.   So gut und fromm,
So schön bist du. (Er hat sie um den Leib gefaßt).
                    Laß mich dich küssen, komm.
Dort hinter jener Esche, dort im Laube
Verborgen buhlt der Täuber um die Taube.
Verborgen andern so —

Reifgerde (gesteigerter).

              Rühr' mich nicht an!

Hedin.

Du willst es nicht? Ich bitt' nicht mehr! Wohlan!
Nun her zu mir. Mich reizt dein süßer Leib! (hebt sie auf).

Reifgerde (ringt mit ihm).

Rühr' mich nicht an! Bei Hel! Ich bin kein Weib,
Das deine Art bezwingt.
       (Sie hat ihn niedergeworfen, setzt ihm das Schwert auf die Brust).

Hedin.
                    Was zögerst du?
Stoß zu! Was zögerst du, du Grauenvolle!
Nicht haß ich dich, nicht denk' ich dein im Grolle!
Du hast mich mehr als leiblich nur besiegt.
Wenn der, der hier unmännlich vor dir liegt,
Wenn ich's noch würdig wäre, dich zu lieben!
Nichts ist mir, was das Leben ziert, geblieben.
Nicht rühren will ich mich, nur seufzen still.

Reifgerde.

Ich will nicht deinen Tod. Bei Hel, ich will
Ihn nicht! Nein, lieben, lieben will ich mild.
       (Sie hat sich zu ihm niedergeworfen, schmiegt sich verführerisch an ihn.)
So wie die Hindin scheu, das edle Wild,
Des Abends sich verbirgt im hohen Gras.
Du — du — ich fühl' mit dir denselben Haß.
Hilf mir ihn töten — töten — nein — nein - mehr,

Dann bin ich dein — hilf mir ihn töten. — Hör!

(Kriegslaut.)

Schweig' still! Es naht dein König Helgi schon,
Und von der Walstatt kehrt er nun zum Thron.
Ob du ihn haffest, was hilft dir dein Grauen.
Komm, laß dir ein Geheimnis anvertrauen,
Das Helgi dir in deine Hände giebt.
Benutz' es klug und sei von mir geliebt.

17. Auftritt.

Vorige. Siegesjubel hinter der Scene.

Helgi (hinter der Scene).

Die Waffen fort! Vorbei des Kampfes Qual!
Zum Feste sammelt euch, zum Siegesmahl.

Hedin (wirft Reifgerden feinen Mantel um).

Zieh' dich zurück. Es dunkelt schon die Nacht,
Beendet ist für mich noch nicht die Schlacht.
Schon läßt der Mond den Himmel leicht erröten,
Zieh dich zurück. Laß mich ihn heimlich töten.
Er bietet frei entblößt die Brust mir dar.
Zieh dich zurück. Schon naht die Kriegerschar.
Komm ich davon, im Runenthal der Linden
Zur Mitternacht wirst du mich wiederfinden. (Reifgerde ab).

18. Auftritt.

Spät=Abend. Es dunkelt schon stark.

Hedin. Helgi und **Krieger** mit Fackeln treten auf.

Helgi
(hat den Brustharnisch abgenommen und wirft ihn wie erlöst zur Seite).

Die Waffen fort! Der Sieg ist nun vollendet.
Vorbei die Not, die Schmach ist nun beendet.

Nach frohem Sieg, nach harter Kampfesqual,
Zum Feste sammelt euch, zum Siegesmahl.

Hedin
(ist heimtückisch hinterrücks mit dem Dolch auf ihn zugerannt).

Helgi (fängt seinen Arm auf).

War das die Absicht, feiger Mörder du!   (wirft ihn zu Boden).

Charibert.

Zerreißt den Hund! Er wollte Helgi morden!

Siegebert.

Haut ihn in Stücke! Reißt die Zung' ihm aus
Dem Hals, der giftgeschwollnen Otterschlange!

Alle.

Zerreißt den Hund! Haut ihn in Stücke!

Helgi (entreißt einem die Fackel).

Die Fackel her!

(beleuchtet ihn, fährt zurück, senkt vor Scham die Fackel).

Alle.

Hedin ist's.

(Alles ist wie erstarrt. Helgi hat wie in Scham die Fackel fallen lassen, auch
die anderen löschen sie schnell wie in Scham, indem sie sie auf die Erde stoßen.

Plötzliche Dunkelheit.

Vorhang fällt.

Ende des 1. Aktes,

2. Aufzug.

Das Siegesmahl.

1. Auftritt.

Schwertreigen und Tanz. Musik. Jubel der Zecher.

Chor (singt).

Freundlich willkommen,
Du trefflicher Held,
Der du uns führtest
So siegreich im Feld.

In diesen Hallen
Beim Becherklang
Woll'n wir dich ehren
Mit frohem Gesang.

Helgi (spricht).

Freundlich willkommen,
Ihr Helden der Schlacht,
Denen nicht bangte,
Die nicht gezagt.

Seid mir willkommen
Zum fröhlichen Trank,
Laßt uns ihn würzen
Mit frohem Gesang.

Chor (singt).

In diesen Hallen
Beim Becherklang
Woll'n wir dich ehren
Mit frohem Gesang.

Hedin (zu Atli, der ihn zu beschwichtigen sucht).

Fluch mir, wenn ich dies ertrage! —
Nun —, ich bleib' bei dem Gelage,
Würzen will ich ihm den Trank,
Hohn sei meines Bechers Klang,
Spott sei meines Mundes Sang.

Atli.

Hüte dich, du spitzest Spott in Wut,
Daß er nicht in deinem eignen Blut
Abgewaschen wird von dem Gewand,
Denn des Spötters Hohn ist eigne Schand'.

Hedin.

Nein, ich will's nicht länger leiden.

Helgi.

Düster seh' ich diese beiden?
Und so ernst, mein Bruder, sprich,
Trübe, wenn wir alle lachen?
Nimm das Horn, und sicherlich
Wird's die Seele fröhlich machen.
Laß vergessen sein, was war.

Keine Knaben sind wir mehr.
Laß den Streit der Kinderjahr',
Komm jetzt auch zum Kruge her.

Atli.

Sieh, der Edle hat vergessen
Alles Leid, das du ihm brachtest;
Hat den gestrigen Tag vergessen,
Was du übles ihm zudachtest.

Hedin.

Was du sagst! Seid ihr denn blind!
Heute noch soll sich's entscheiden,
Wer hier edel ist gesinnt,
Und wer Frevler von uns beiden.

Chor (Männer und Frauen singen).

Trinket, ihr Brüder,
Und fröhliche Glut
Zieht durch die Seele
Entfacht neuen Mut.

Die $\frac{\text{ihr}}{\text{wir}}$ gedarbet
Auf blutiger Wal
$\frac{\text{Dürft euch nun}}{\text{Dürfen uns}}$ laben
Beim frohen Pokal.

Chor (Jungfrauen allein, singen).

Wer sich der Jugend
Unschuldige Lust
Rein unverdorben
Im Herzen bewußt,

Darf mit uns trinken
Den göttlichen Met
Bis ihn Walhallas
Lufthauch umweht.

Chor (Krieger allein, singen).

Achtet nicht Wodan
Beim fröhlichen Sang
Tapferer Krieger
Den göttlichen Trank?

Füllt uns den Becher
Aufs neue mit Saft!
Narr, der nicht mitthut,
So lang er noch schafft.

Chor (Hedin scherzend mit sich ziehend).

Hierher zum Kruge!
Wir lassen dich nicht,
Bis dir die Grille
Entweicht dem Gesicht,

Bis deine Seele
Mit fröhlichem Mut,
Wieder sich öffnet
Mit sprudelnder Glut.

Helgi (spricht)
(hält Hedin sein Trinkhorn hin).

Trink ihn, mein Bruder, ist köstlicher Wein,
Hab' ihn mir selber aus Welschland geholt,
Ist, wie der Himmel dort, glühend und rein.
Lustig gelacht hier, und nicht mehr gegrollt.

Chor (wie oben).

Hierher zum Kruge!
Wir lassen dich nicht,
Bis dir die Grille
Entweicht dem Gesicht. (plötzlich abbrechend).

Hedin
(der von allen umringt und fröhlich lachend voll Übermut fortgezerrt wird,
reißt sich los, stößt Helgi das entgegengehaltene Horn aus der Hand).

Daß dich der wütende Fenrir trifft,
Jeder Tropfen werd' mir zu Gift,
Das mir verderbend im Blute schleicht,
Was mir deine Hand gereicht.

Helgi.
(steht wie erstarrt da, die Hand am Schwert)

Alle.

Wehe ihm, er ist von Sinnen!

Hedin.

Meintest mich durch deine Kunst,
Durch dein Lächeln zu gewinnen?
Kenne deiner Hexe Gunst,
Kenne wohl dein schändlich Minnen.

Helgi.

Hedin —!

Einige.

Laß ihn, Helgi, er scheint krank.

Hedin.

Her zu mir, wenn nicht dein Herz schon sank
Vor der Übermacht in meinem Wort.

Helgi (bezwingt sich).

Er ist krank, ihr Brüder, führt ihn fort,
Daß wir unsre heiße Seele dämpfen.
Von Waffen reden und von rühmlich Kämpfen,
Von der Götter hohem Beistand und der
Süßen allgewalt'gen Minne Wunder.
Das ist eines frohen Mahls Gespräch.

2. Auftritt.

Vorige. Reifgerde (als Skalde verkleidet).

Guntram.

Seht den Skalden! Hierher Sänger!
                    (unterbricht.)
Laßt den Streit und zankt nicht länger.
Hierher Jüngling mit der Harfe!
Spitz das Wort dir, nicht das scharfe.
Von der Minne sing und spiel,
Und des Lebens ernstem Ziel;
Dann bist du uns gern willkommen.

Helgi (einladend ohne sich weiter um ihn zu kümmern).

Laß den Sänger hierher kommen.
Gute Zeit hast du gewählt.
Du hast grade uns gefehlt.

Siegebert.

Stimm dein Lied an.

Charibert.

Erst den Trank. —
Nun beginne den Gesang.

Atli.

Sag' uns erst, wo ist dein Strand?
Wo stand deines Vaters Hütte,
Was dich aus des Volkes Mitte
Trieb zu uns ins fremde Land.

Reifgerde.

Fern von meerumbraustem Strand,
Thule ist mein Vaterland,
Durch des Gottes heil'ge Glut
Zog es mich mit kühnem Mut,
Andre Völker aufzusuchen;
Um bei frohem Trinkgelage
Müde Krieger zu erquicken,
Durch die Kunst des schönen Brage
Herz und Ohren zu entzücken.

Hedin (für sich).

Welche Stimme! Welche Töne!
Sollte dieses Antlitz's Schöne
Einem jugendlichen Sänger —?
Nein, nun zög're ich nicht länger,
Meine Göttin naht sich mir.
Heil dir, Teure! Heil dir, Süße,
(Sie begrüßend)
Fremder Sänger, tausend Grüße,
Hier der Ehrenplatz sei dir.

Alle (zutrinkend).

Sei uns allen hier willkommen.

Atli.

Bist du weit durchs Land gekommen?

Reifgerde.

Dort, wo tief in finstrer Schlucht
Sich der Lindwurm birgt, der Drache
Giftaushauchend Nahrung sucht;
Dort, wo Fels auf Felsen türmend
Riesen wohnen, himmelstürmend,
Selbst den Frost vor Balders Strahlen
Bergen, Schnee in großen Ballen
Niederwärts ins Thal hinrollen,
Daß die Bäche, Ströme schwollen
Und in wilder Flut hinrafften,
Was die Menschen emsig schafften;
Dort, wo Zwerge, schöne Elfen
Emsig braven Menschen helfen;
Auch von jenem Strande her
Wüßte ich euch manche Mär,

(mit deutlich verletzender Absichtlichkeit an Helgi gewandt).

Wie die schlaue Meeresminne
Süß bestrickt des Jünglings Sinne,
Ihm der Liebe Glück verheißt
Und ihn in Verderben reißt.

Frauen.

Künde uns die schöne Mär.

Gundobald.

Ja, die künd' uns. (geheimnisvoll) Komm mal her.
Willst du nicht erst einmal trinken?
Nachher wird dir's schon gelingen.
Donnerwetter —!

Einige.

Laß den schweigen.

Gundobald (reicht ihm zu trinken).

Hier, mein Bruder.

Andere.

Du sollst schweigen.

Gundobald.

Donnerwetter, darf man nicht
Einmal fragen, wo's gebricht?

(zieht den Sänger geheimnisvoll mit sich)

Sag' mal, ist dir nicht bekannt —
Giebt es nicht in einem Land
Bärenschinken alle Tage?
Wein und Met und Saufgelage?

Charibert (wirft ihn zur Seite).

Hat er sich denn ganz verrannt,
Volles Faß!

Gundobald.

Ich —? Donnerwetter.

Charibert.

Bärenhäuter!

Gundobald (als wolle er ihm an den Hals springen).

Alle Götter!

Charibert (ruhig abwartend).

Was denn? (Gundobald geht schnell zurück).

Gundobald.

Hä — hä! Scherz doch man.

Helgi (für sich).

Warum sah er mich so an?
Dies Gesicht, ich sollt' es kennen.
Wart'! Er soll sich uns erst nennen.

(zu Reifgerde)

Glaub' nicht, daß wir dich verachten —

Hedin (aufreizend zu den andern).

Wollt ihr Helgi nicht betrachten,
Was bewegt ihn, seht ihn an.

Helgi.

Deinen Namen sag' uns dann.

Hedin

(drängt sich in beleidigender Weise zwischen sie).

Was, den Namen? Welche Sitte,
Ihn zu fragen! Er ist Sänger.
Komm' hierher in unsere Mitte.
So. Nun zögere nicht länger.

Reifgerde

(wie oben, wie an Helgi gewandt fortfahrend).

Nicht fern von hier an jenem Uferrain,
Wo sich die Wogen wälzen landherein,
Da wohnt ein König, ehern ist sein Ruf.
Der Feinde Land zerstampft der Rosse Huf.
Ihm zollt das Land ringsum und rings das Meer,
So weit die Kunde geht, herrscht auch sein Speer.
Der Nornen drei, die unergründlich düstern,
Sie waren neidisch auf sein Glück und lüstern.
Daß sich die Sterblichen im Glück nicht blähen,
So suchen sie mit tückisch finsterm Spähen,
Wie sie ihm bringen düst'res Mißgeschick.

Die Tochter war des Königs höchstes Glück,
An ihr nun sollt' er das Verhängnis büßen.
Der Nornen Spruch ließ bald den Vater wissen,
Was sie dort tief im düstern Erdenschoße
Für Unheil über ihrem Haupt beschlossen.
Geängstigt läßt der König nun sein Kind,
Noch ehe dreimal Tag und Nacht verrinnt,
Verbergen in der Göttin heil'gem Hain,
Wo nie ein Männerfuß trat je hinein.
Doch der Geliebte, wenig ihm zum Ruhm,
Er trifft sie im geweihten Heiligtum
Allnächtlich, bis die Dunkelheit verschwindet.

Helgi (horcht auf).

Was soll das mir? Wer hat dir dies verkündet?

Hedin (wie oben).

Seht, Brüder, er erbleicht.

Einige.

Laßt uns nicht stören.

Andere.

Was denn bedeutet's, Hedin?

Hedin.

Laßt uns hören.

Reifgerde.

Des Ägyrs Tochter war sie, Nebeltau,
Dem Meer entstiegen, eine Wasserfrau,
Ein Schwan, in dem sich keine Seele regt,
Dem König trüglich in das Bett gelegt.

Helgi

(kann seine Erregung nicht mehr bezwingen, mit verhaltenem Zorn).

Soll er uns weiter diese Mär' erzählen?
Das Heilige beschimpfen und sie schmählen?

Atli.

Was ist dir, Helgi?

Helgi (dringt auf Reifgerde ein).

Nun denn!

Atli.

Helgi! (Man hindert ihn.)

Helgi.

Wart'!
Ich will doch seh'n, wer uns so schmählich narrt.

Atli.

Was ficht dich an!

Andere.

Was ist es, was dich schreckt?

Helgi (wie oben).

Ich will doch seh'n, wen diese Kappe deckt.

Reifgerde

(wirft die Kappe ab, ihr langes Frauenhaar flattert weit über die Schultern).

Nun denn, so wißt, dort steht der Mann!

Helgi (prallt zurück).

Reifgerde!

5*

Reifgerde.

Dort steht der Mann, scheu sucht sein Blick die Erde.
Dort steht der Mann, der Wolf in Balders Hain,
Der frevelnd brach in's Heiligtum hinein.
Sie, Ägyrs Kind, umstrickt mit ekler Minne
Des Thoren Herz und raubt ihm seine Sinne.

Helgi
(steht sprachlos, noch immer nach Fassung ringend).

Reifgerde.

Seht selbst, ob ich ein Recht zu solcher Sprache.
Und hab' ich's nicht, verfall' ich eu'rer Rache.

Frauen (voll abergläubischer Furcht).

Verzaubert ist er.

Hedin.

Mit geheimer Kunst
Verdrängt er mich aus meines Vaters Gunst.

Reifgerde.

Seht selbst, ob er mich Lügen straft! Kommt her!

Helgi (dringt mit dem Schwert auf sie ein).

Verflucht seist du mit deiner Lügenmär.

Männer (ihn zurückhaltend).

Was ficht dich an!

Frauen (wie oben).

Wer ist's?

Helgi (wie oben).

Verflucht sei er.

Männer.

Was ist dir, Helgi? Was verschweigst du bange?
Glut sprüht dein Auge, bleiern wird die Wange.

Atli (sehr ernst).

Auch mir, mein Sohn, du hast mir nichts zu sagen?

Hedin (mit Richtermiene).

Nun wohl denn! Wer erhebt gerechte Klagen?

Atli (weist Hedin zurück).

Nicht du, ich bin des heil'gen Haines Herr.

Helgi.

Laßt mich! Laßt mich jetzt los! Verflucht sei er!
Sie zu beschimpfen! Sie noch zu beleidigen.
Wollt ihr die Lüge denn, das Unrecht noch verteidigen?

(Reifgerde hat sich während dieser allgemeinen Aufregung schnell
davon gemacht.)

3. Auftritt.

(Vorige, ohne Reifgerde).

Hedin.

Nun, Freund, wo ist dein Heldenmut?
So minne doch um Ägyrs Brut.

Atli.

Bei Wodan, Hedin, schon' ihn doch.

Hedin.

O laß, vielleicht erscheinen noch
In süßer Minne hier Walküren.

Atli.

Kann dich sein tiefer Schmerz nicht rühren.

Helgi (anbetend, wie in Verzückung).

Du leuchtest mir entgegen
Aus jedem klaren Stern,
Und ich sollt' Zweifel hegen
An dir! Wenn du auch fern,

Du, die in treue Minne
Dein Herz zu mir gelenkt,
Dein sei, was ich beginne,
Dir sei mein Herz geschenkt.

Atli
(ihn freundlich aus der Verzückung weckend).

Will uns Helgi ganz verlassen?

Hedin.

Seht die Wangen an, die blassen!
Durch den Pesthauch seiner Schönen,
Von berauschend süßen Tönen
Seiner Buhle angestiftet
Ist sein Herzblut schon vergiftet.

Helgi (mit Würde).

Freund, dein Spott ertönt vergebens,
Denn das Bild hier in der Brust,
Dies die Wonne meines Lebens
Trübt nicht deine feile Lust.

Hedin.

Leider muß ich es erkennen,
Wie dein Herz in Lust ertrank,

Um für Minne zu entbrennen,
Daß dein Geist in Nacht versank.

Helgi (drohender, aber noch ruhig).

Was ich hier im Herzen trage,
Ist von dir ganz unerreichbar.

Hedin.

Pocht im Herzen nicht die Frage
Warum dein Antlitz so erbleicht war.

Helgi (fortschreitend gereizter).

Ja, der Spötter spitzen Zungen
Ist kein Heiligstes so rein,
Daß es ihnen nicht gelungen,
Zu verdunkeln seinen Schein.

Hedin (auffahrend).

Ja, ja! Des Lügners vielgespalt'ne Zunge
Ist immer oben auf und stets im Schwunge.
Wie eine Krankheit wühlt sie fort und fort,
Verbreitet sich und haftet an dem Ort.
Die heil'ge Satzung, uns'rer Väter Lehre
Hast du gemacht zum Spott, zur bösen Schwäre.
Und eine Schwäre bist du diesem Land,
Das nichts mit dir gemein und nichts verwandt.
Wie Eiterbeulen, die am selben Leib
Sich brüsten der Geburt vom selben Weib,
So bist du uns, der Aussatz uns'rer Glieder
Und nennst uns frevelnd deine Leibesbrüder.
Du leugnest noch, daß dir am Born im Walde,
In Balders Hain, in Freyas heil'ger Halde
Die Maid erschien, umstrahlt mit allem Licht?

Helgi.

Mich treffe Donnars Fluch, wenn ich den nicht,
Der fürder sie besudelt und bespeit,
Sie, die ich ehr', die wonnigliche Maid,
Den Namen nur auf seine Lippen bringt,
Zermalm' wie dürres Holz, das Glut verschlingt.

Hedin.

Schweig', räub'ger Hund, vom schwarzen Alf gezeugt,
Denn eines weiß ich, das dich ewig beugt,
Daß man verachtet deines Fußes Spur.
Wer war's, der dir in Treue Minne schwur?
Magst du verrät'risch nach dem Herzen fühlen,
Des Mundes Lug wird nicht den Odem kühlen,
Den sie vergiftend dir in's Herz gethan,
Die Meeresminne, Ägyrs weißer Schwan.

Helgi
(mit lautem Wutaufschrei auf ihn eindringend).

Halt ein!

Hedin.

Ah! Bäumt's sich auf in dir voll Schmerz?
Es hat das grausige Gespenst dein Herz
Bethört! Gesteh'! Allein dich drückt der Gram.
Dein Herz ist wie gebannt und tiefe Scham
Ergreift dich, wenn man deiner Minne denkt.
Das ist es, was dir deine Ehre kränkt.
Gesteh'! Was ist's, daß du dich abseits neigst,
Beharrlich uns den Namen jetzt verschweigst?
Ist's nicht die Scham?

Helgi
(hat sich drohend erhoben, holt ruhig aber unheildrohend sein Schwert, das
man ihm zuvor im Streit mit Reifgerde freundlich vermittelnd abgenommen
und fortgelegt hat).

Guntram.

Hedin! Das ging zu weit!
Und Blut verlangt solch' loser Worte Streit.
Das darf des Mannes Ehre nicht ertragen.
O Hedin! Herr! Wie darfst du solches sagen.

Helgi (mit erzwungener Ruhe).

Euch alle bitt' ich an der Zeugen Statt,
Es zeige sich, wer sich zu schämen hat.

Frauen.

Wodan, schütze uns vor Schuld.

Helgi.

Am klaren Born im Haine
Erschien im lichten Scheine
Die wonnigliche Maid.
Ihr treu zu sein in Minne,
Zu weihen Herz und Sinne
Gelobt' ich ihr zur Zeit.

Sie, die ich mir erwähle,
Sie stärkte meine Seele,
Entflammte mich zum Mut.
Und der, der sie verklagte,
Sie zu belügen wagte,
Der zahl's mit seinem Blut.

Hedin
(bleibt ruhig und höhnisch lächelnd stehen, indem er auffordernd im Kreise
umherschaut).

Ihr alle habt's gehört. Den Namen doch
Verschweigt er uns. So hört denn dieses noch.

Helgi.

Mag auch der Pesthauch anders als vergiften?
Das Unheil anderes als Unheil stiften?
Durch dich sie nennen lassen ist schon Hohn.
Dein Atem schon ist Gift, verpestet schon
Den heil'gen Namen, den ich betend rufe
Mit süßem Schauder wie vor Asgardsstufe.
Vernehmt denn, wem mein Minnen ist geweiht,
Sie — Sigrun — ist's für jetzt und Ewigkeit.

(Höchstes Entsetzen).

Atli.

Wer ist es, Helgi! Sigrun ist es nicht!
Geheiligt weilt sie in dem Hain. Gericht
Der Götter trifft, wen eitler Wahn verführt,
Ihn nur betritt, die Heil'ge nur berührt.
O! Daß dein Mund mir ewig das verschwieg.
Sie ist's nicht, Schwertwarts Tochter nicht?

Halvar (voll Angst).

So sprich.

Helgi (verharrt in dumpfem Schweigen).

Hedin

(steht, das gezogene Schwert gesenkt, wie in gerechter Entrüstung, wie in seinem heiligsten Gefühl beleidigt).

Nun denn. — Nun denn, so richtet ihr. Mit nichten
Besudele mein Schwert, was Götter richten.

Charibert (in Helgi dringend).

So rede doch.

Halvar

(kann es immer noch nicht glauben, voll abergläubischem Entsetzen und Furcht).

Du schweigst? Wer ist die Maid?

Hedin (steckt sein Schwert zurück).

Mein Schwert, so geh' zurück. Zum edlen Streit
Nur hab' ich dich gezogen und geweiht.

Atli

(sehr ernst, mit edlem Anstand eines Richters).

Nun, ist's denn so, darf keiner von euch beiden
Das Schwert benutzen. Ich hab' zu entscheiden.
Und in des Königs hehrem Namen hier
Ruf' ich dich auf und fordere von dir
Die Antwort klar und offen ohne Schaden.
Mein Amt, den Frevler vor Gericht zu laden,
Der einbrach in das Heiligtum der Götter
Zum Hohn der Satzung und Walhall ein Spötter,
Erkennst du's an?

Helgi

(überreicht mit abgewandtem Gesicht sein Schwert).

Hedin.

An König Schwertwarts Statt
Steh' ich. Mir her das Schwert. Wer Klage hat,
Steh' auf! Im Kriege und in Friedenszeit
Ich bin der Schützer der Gerechtigkeit.
Ich bin's. Des Thrones Stütze stehet hier.
Mir her das Schwert!

Helgi (mit vernichtender Verachtung).

Das Schwert — das Schwert — ich — dir?

Hedin (will es ihm entreißen).

Knecht, der du bist!

Helgi (in plötzlicher Aufwallung).

Der Knecht bist du! (Er erschlägt ihn.)

Alle.

Erschlagen! Erschlagen! Ist tot! Ist tot!

(Große Aufregung und Entsetzen. Einige fliehen.)

4. Auftritt.

Vorige. König Schwertwart.

Guntram.

Der König kommt! Weicht nicht zurück,
Daß nicht sein jammervoller Blick
Sogleich die Schreckensscene sehe.

König.

Es kann nicht sein! O dreifach Wehe!
Es kann nicht sein, daß er erschlagen,
Den ich geliebt, wie alle sagen.

(sieht ihn).

Mein Hedin ist's! Er ist's, mein Glück!
Wie starr sein Antlitz und der Blick!
Anklagend, wild Blutrache schwören
Die stieren Augen. Nimmer hören
Soll ich den Klang von seiner Stimme.
Die Lippen starr, verzerrt im Grimme,
So schreit er auf — mit stummer Bitte.
Daß ich den Tod für dich doch litte!
So soll ich nun zu meinem Grämen
Des Mundes Laut kein Wort vernehmen,

Nicht sehen seiner Augen Licht.
Noch deckt ihn Todeskälte nicht.
Noch darf der Tod ihn mir nicht rauben.
Es kann nicht sein, ich will's nicht glauben.
So wie der Abendwind verweht,
Wie Nebel, der in nichts zergeht,
So bist du jetzt. O Fluch dem Argen,
Der dieses Bubenstück erdacht.
Wo auch die Menschen ihn verbargen,
Blutrache folg' ihm Tag und Nacht.
Der Priester Fluch, der Götter Zorn,
Sie folgen rächend seinen Spuren.
Sein Fuß zerreiße Stein und Dorn,
Eilt flüchtig er durch Wald und Fluren.
Verflucht, verwiesen und verbannt
Eil' er, bis ihm der Atem schwindet.
Es sei zu Wasser oder Land,
Verflucht sei er. Und wer ihn findet,
Und sei er müd, zu Tod gehetzt,
Der töte ihn mit Fug und Recht.
Sein Haus sei öd, bis man zuletzt
Ausrottet ihn und sein Geschlecht. (Entsetztes Schweigen.)

Charibert.

Was steht ihr da und könnt's nicht fassen!
Wollt ihr das Haupt beschelten lassen?
Nein! Nicht! Sein Fluch sei uns're Schande.
Wir lösen hiermit jede Bande.
Ist er euch denn im Weg ein Stein,
Sein Feind soll unser Feind auch sein!

Siegebert.

Werft sie hinaus! Tod dem Geschlechte!
Helgi ist König! Ihr die Knechte!

Charibert.

Werft sie hinaus! Krieg sei das Ende!

Alle Wikinger (durcheinander schreiend).

Werft sie hinaus! Krieg sei das Ende!

Helgi
(der bis dahin wie vernichtet dastand, jetzt energisch dazwischen tretend).

Die Schuld sei mein! Rein eure Hände!

Vorhang fällt.

Ende des 2. Aufzuges.

3. Aufzug.

Wald. Nacht. Mondenschein. Helgis Krieger liegen in Gruppen verteilt
am Feuer umher.

1. Auftritt.

Chor (singen).

Trompetengeschmetter
Dem höchsten der Götter,
Der Sieg uns verlieh.
Dir Helgi vor allen
Soll Ehre erschallen,
Dem alles gedieh.

Wir kommen gezogen
Wie brausende Wogen
In finsterer Nacht.
Wir haben gerungen,
Wir haben bezwungen
Die feindliche Macht.

D'rum jauchzt nun, ihr Krieger,
Wir blieben doch Sieger
In Kampf und Gefahr.
Dir, höchsten der Götter
Trompetengeschmetter,
Der Führer uns war.

2. Auftritt.

Vorige. Halvar und Siegebert (treten auf).

Halvar.

Halt ein! Wer hat den Ort gewählt?
Ihr habt den rechten Weg verfehlt!

Charibert.

Ein jedes Ding hat Zeit und Ziel.
Wir wollen ruhn. Zwar ist's hier kühl
Nach wilddurchzechter Siegesnacht,
Doch wer nicht schlafen kann, der wacht.

Halvar.

Nein, Charibert, da thust du schlecht.

Siegebert (lacht).

Man sieht, er ist noch halb bezecht.
Und träumt sich in Walhall hinein.

Halvar.

Das ist ja Balders heil'ger Hain.

Charibert (aufschreckend).

Bei Wodans Roß und Donnars Schwefel!

Halvar.

Gott schütze uns vor solchem Frevel,
Daß wir das Heiligtum betreten.

Charibert.

Magst du zu Freyas Holden beten.
Das schert uns alles herzlich wenig.
Doch wo ist Helgi, unser König?

3. Auftritt.

Vorige, dann Gundobald.

Siegebert.

Seht! Wer kommt da!

Rignomer (hält ein Feuerscheit hoch)

Gundobalde.

Siegebert.

Ja, bei Hel! Es ist der Alte!

Halvar.

Laßt ihn nicht in unsern Reigen.

Charibert.

Treibt den Prahlhans fort mit Zweigen
Von der Esche dort, der harten.

Rignomer.

Da soll er nicht lange warten.

Gundobald (tritt sehr geschäftig und wichtig auf).

Bei Walhalla! Bei den Göttern!
War's ein Schlachten! War's ein Wettern!
Donnerer und Freyas Sohn!
Alles in der Ordnung schon
Wie ich seh! (Will gleich über das Trinkfaß herfallen.)

Rignomer (schlägt ihn).

Fort!

Gundobald.

Donnerwetter!

Siegebert (schlägt ihn unverhofft).

Fort, du Prahlhans!

Gundobald.

Alle Götter!

Charibert (packt ihn).

Fort, du Großmaul!

Gundobald.

Was auch da!

Charibert.

Bei dem Saufen bist du nah.
Aber wo es Hiebe hagelt,
Ist dein Häuschen dir vernagelt.
Kochst dir Brei und Weiberkraut,
Faulenzt auf der Bärenhaut.

Gundobald.

Bärenhäuter? Donnerwetter!
Weiberkräuter? Alle Götter!
Hab' ich den Verstand verloren?
Wo hab' ich denn meine Ohren?

Siegebert.

Was willst du in unsern Reigen?

Gundobald.

Darf man sich hier nicht mehr zeigen?

Halvar.

Weißt du doch, wir sind geächtet.

Gundobald.

Was geächtet? Ihr geächtet?
Habt ihr doch den schönsten Wein,
Den ich jemals noch getrunken.
Seht, mir ist das rechte Bein
Gleichsam in die Knie gesunken,
So bin ich euch nachgerannt.

Charibert.

Weißt du, wo man Helgi fand?

Gundobald.

Bei Walhalla! Alle Götter!

Halvar.

Laß Walhalla, alter Spötter!

Gundobald.

Dieses ist ja, was ich will.

Charibert.

Sag', wo ist er, dann schweig still.

Gundobald (setzt sich in Positur).

Dies will ich ja grad vermelden.
Er sprach: „Dies sag' meinen Helden —"

Charibert (stößt ihn verächtlich von sich).

Dieses wird doch immer frecher.
Helgi schickt dich, alter Zecher.
Hat er keinen sonst gefunden?

Gundobald.

Ja ihr sollt nicht länger stunden,
Sollt zu Schiff nach Angelland.

6*

Bei der Brandung dort am Strand
Sollt ihr alle ihn erwarten.

Charibert.

Da der Lohn, sauf', nimm den Becher.

Gundobald.

Lohn's euch Hela!

Charibert.

Doch, du Zecher,
Darum schickt er dich nicht her.

Gundobald.

Siegesmund und Charibert
Halvar, Rignom, Siegebert —
Diese fünf, sie steh'n bereit
Dort am Waldessaum nicht weit.
„Heute giebt es reiche Beuten",
Sprach er, „dies sag' meinen Leuten".

(Sie heimlich und wichtig zu sich ziehend.)

Und — wißt ihr, was ich vernommen?
Zu der Sigrun soll er kommen
In den heil'gen Götterhain.
Dieses soll das Ende sein
Von den schlechten Streichen hier,
Und dann fort — ich sage dir —
Fuit!! Auf Nimmerwiedersehen.
Doch, nun laßt mich fürder gehen.

Charibert.

Ja, das sollst du, doch nicht weit,
Bist du uns doch zu gescheit.
Ei, mein Füchslein, merkst den Braten?

Wolltest uns wohl gar verraten?
Du Hallunke! Ho! Hallo!
Packt ihn! Vorwärts, Leute! So!

Gundobald.

Doch ich will nicht! Bin ich Beute?
Laßt mich los! Ich bitt' euch, Leute!
Laßt mich los!

Charibert.

Fort, mit auf's Schiff!
Werft ihn, wenn ihr wollt, auf's Riff.
Und in's Meer mit ihm! Hallo!
Aufgebrochen! Vorwärts! So!

Gundobald
(wirft sich widerstrebend an die Erde).

Ach, ich bitt' euch, lieben Leute!

Charibert (höchst belustigt).

Fort mit ihm! Ist uns're Beute!

(Alle höchst belustigt, schleppen ihn im wilden Jubel mit.)

(Alle ab.)

4. Auftritt.

Sigrun und Gespielinnen. Galaswintha. Fredegunde.

Chor der Jungfrauen (singen).

Wo die Welt im Kriege steht,
Wo das Herz in Haß entflammt wird,
Wüst des Unheils Frevel sät,
Und das Gute frech verdammt wird,

Da beschirmen wir das Edle
Durch die Zauberkraft der Liebe,
Daß es sich zum Guten wendet.
Liebe schirmt, vereint und spendet.

(Sie erscheinen während des Gesanges auf der Bühne, in ihrer Mitte Sigrun auf einer zierlichen, mit Blumen geschmückten Bahre getragen. Kleine Mädchen tragen Wedel.)

Sigrun.

Ihr Schwestern, laßt mich heut' allein.
Mein Herz ist mir so bang und schwer,
Um seiner Seele Trost zu sein,
Rief ich allein ihn zu mir her.

Galaswintha.

Vergißt du Freyas Machtgebot?

Sigrun.

Hier innen herrscht ein stärk'rer Gott.

Galaswintha.

Erhalt' dich uns..

Sigrun.

Getrost, ihr Schwestern.
Wer kann den hohen Gott hier lästern,
Der ganz durchdringt mein Herz und Mark
Und mich beherrscht. Mein Herz ist stark,
Doch tot ist's, wenn's hier innen schwieg.
Ach, ihn zu trösten, treibt es mich,
Zum letzten Male ihn zu sehen.
Mag er dann ewig von mir gehen. —
Laßt mich allein mit meinem Leide.

Galaswintha (an ihrem Halse weinend).

Sigrun, Sigrun, meine Freude.

Sigrun (weich, aber gefaßt).

Galaswintha, meine Liebe,
Wenn ich gar zu lange bliebe,
Bin ich nicht zurückgekehrt.
Bin ich all' der Liebe wert,
Die ihr, Teure, mir gegeben?
Ach, ich kann in diesem Leben
Euch's vielleicht nicht mehr vergelten.
Aber über jene Welten,
Sagt man, herrscht ein güt'ger Gott.
Fredegunde, wie ein Spott
Klingt mir, was die Runen sagen.
Ach, hier innen herrscht ein Fragen
Stärker als der Götterglaube.
Fredegunde, wie die Taube
Bist du von Gemüt und Herz,
Sag' es mir zum Trost und Schmerz,
Glaubst du, was die Runen sagen?
O, mit tausend Zweifelsplagen
Setzt mein Herz sich ihm zur Wehr.

Fredegunde.

Sigrun, Sigrun! Ach so schwer
Ist das Schicksal oft und hart.
Wenn nun doch erfüllet ward,
Was die Nornen von dir sprechen.
Dieses würd' das Herz mir brechen.

Sigrun.

Aber ist denn alles wahr?
Ist's euch wie die Sonne klar,
Was man uns von jener Welt
In der Kinderzeit erzählt?

Habt ihr von den neuen Lehren
Nichts vernommen? Wollt ihr hören,
Was von Welschland sich verbreitet,
Was die Götter hier bestreitet?
Was sie durch die Völker tragen?
Diese röm'schen Priester sagen:
„Was die Norne offenbare
Lüge sei's und nur das Wahre
Bring' das Evangelium." —
Aus Verzweiflung, nicht aus Lieben
Hab' ich ihnen zugehört.
Und mit allen meinen Trieben
Hab' ich mich des Worts erwehrt,
Das man über mich gesprochen.
Und so hab' ich denn gebrochen,
Mit dem Tand, der mich beschwert:
Hab' gebrochen mit dem Alten,
Was so lang mir heilig schien,
Laß den Allgewalt'gen walten,
Gab ihm meine Seele hin.

(Alle liegen schluchzend vor ihr auf den Knieen.)

Steht, erhebt euch, laßt das Weinen.
Trennung muß ja hart erscheinen.
Wohl verlaß ich euch, ihr Lieben.
Dieses doch ist uns geblieben:
Bleibt euch in der Liebe treu.
Eine Heimat find' ich neu
In den Armen meines Gatten.
Und in seiner Hütte Schatten
Folg' ich ihm nach trüben Jahren.
Wollt ihr Treue mir bewahren?
Singt mir noch das Lied der Lieder,
Singt mein Lieblingslied mir wieder
Singt es mir zum letztenmal
Und dann endigt meine Qual.

Chor der Jungfrauen (singen).

Droben über jenen Sonnen
Weit von dieses Elends Land
Ist des Lebens Schnur gesponnen
Von der Nornen leiser Hand.

Unerbittlich winkt dem einen
Dornen nur auf seinen Wegen,
Kampf und Ringen, Elend, Weinen
Und dem andern Glück und Segen.

Aber eine reine Seele
Zwingt des Schicksals rauhe Hand;
Denn der Unschuld sanftem Flehen
Weicht der Götter harter Stand.

(Jungfrauen ab.)

5. Auftritt.

Sigrun. Dann Atli.

Sigrun.

Hör' ich recht? — Er ist's! Er ist es!
Herz, schweig still! (Läuft ihm voll sehnsüchtiger Liebe entgegen.)
Helgi! Du bist es!
(prallt zurück)
Gott, der Alte!

Atli (hart).

Ja, er ist es.
Was erschrickt dich? Sicherlich
Keinen andern doch als mich
Willst du hier im Hain erwarten?

Sigrun
(fällt vor ihm nieder, erschreckt, wie eine Sünderin, voll Leidenschaft).

Mein Beschützer!

Atli (hart).

Laß das!

Sigrun (wie oben).

Harten
Tones sprichst du mir, mein Vater,
(seine Knice umklammernd).
Mein Beschützer, mein Berater.

Atli (wie oben).

Laß das, Mädchen!

Sigrun (wie oben).

Hör' mich an.

Atli (wie oben).

Laß das Mädchen.

Sigrun (hat sich erhoben).

(ruhiger)   Hör' mich an.
Du bist weise, du bist klug.
Daß der Priester Wort ein Trug,
Hast du selber mich gelehrt.
Ja, du hast mir selbst gewehrt,
Diesem Wahne nachzugeben.
All' mein Sehnen, all' mein Streben
Hab' ich deinem Wort geweiht.
In ihm sucht' ich Seligkeit,
Tröstung, Heilung meiner Wunden,
Wenn in meinen bösen Stunden,

Die Verheißung in mir tobt.
Und du haft mich ftets gelobt.
Wenn wir deinen Worten lauschten,
Wenn die Bäume leife rauschten,
Wenn der Mai mit fanftem Wehen
Die Natur ließ neu erftehen,
Hab' ich oft des Worts gedacht.
Unverständlich wie die Nacht
War der Inhalt deiner Lehren.
Doch mit heißeftem Begehren
Legte ich dein Wort mir aus.
Eine Hoffnung klang heraus,
Eine Hoffnung, füße Stillung,
Meiner Angft bot fie Erfüllung.

Atli.

Doch, was foll das?

Sigrun.

Nun, wohlan.
Du bift Krieger, du bift Mann,
Schwerlich wirft du mich verftehen.
Hat dir nie der Liebe Wehen
Deiner Jugend Traum umfächelt.
O ich fühl's! Dein Auge lächelt.
Warum willft du mich denn schelten?
Warum zürnft du meinem Helden?

(Voll Entfetzen, voll leidenfchaftlicher Angft.)

Alles weiß ich, diefes all',
Was mein Glück mit einem Mal,
Das verheiß'ne, läßt vergehen,
Weiß, was Schreckliches geschehen
Diefe Nacht beim Sieggelage.
O ihr Götter! Welche Tage,

Welche Nächte rauh und hart
Habt ihr mir noch aufgespart. (Schluchzt.)

Atli (streng).

Laß das Weinen! Laß's, ich will es!
Laß es Mädchen! Auch dein stilles
Schluchzen darf mein Herz nicht rühren.
Dein Herz mag die Liebe zieren;
Schande, wenn sie mich bezwänge.
Nicht als Christ bin ich so strenge,
Nicht als Heide sprech' ich das.
Nein, mein Herz ist nicht voll Haß.
Wer ein Mann ist, der vollführt
Seine Pflicht, wie sich's gebührt.
Dein Gesetz sei: Wenn die Pflicht
Dir gebeut, dann deut'le nicht;
Dann wirst du das Rechte schaffen.
Denn nicht von der Lehr' der Pfaffen
Hängt der Wert des Menschen ab.
Ohne Saft ein dürrer Stab
Bleibt der Baum dir, magst du gießen
Bis die Wurzel überfließen;
Du verleihst ihm keine Kraft.
Du bist, der den Wert dir schafft.
Deinen Wert, dir selbst bewußt,
Du trägst ihn in deiner Brust.
In der eignen Brust da ruht,
In des eignen Herzens Blut
Wohnt dein Wert und nicht im Kleide.
Ob du Christ bist oder Heide,
Edel wirst du dadurch nicht.

Sigrun.

Nun, wohlan, der Liebe Licht,
Kraft gebiert es in dem Schwachen.

So laß mich denn fürder machen,
Laut gebeut des Herzens Gruß
Wie allein ich handeln muß.

Atli.

Aber bist denn du die Welt?
Was dein Herz mit Zauber hält,
Geht durch tausend andre Köpfe.
Auch die andern Mitgeschöpfe
Haben gleiches Recht wie du.
Doch die Liebe, ohne Ruh
Sieht sie nur ihr Ziel vor sich.
Nicht dir selbst, dem eignen Ich
Lebe, willst du andre nützen.
Meine Pflicht ist, dich zu schützen —
Dann noch, willst du's selbst auch nicht.
Deine Pflicht ist dein Gericht.
Brichst du sie, bist du geschändet.
Und ich hab' mein Wort verpfändet,
Dir zum Hüter bin ich hier.
Frei ist selbst kein wildes Tier;
Denn ihn zwingt des Lebens Nöten.

Sigrun (in höchster Leidenschaft).

Schützen nennst du's? Ich nenn's töten,
Mich von allem dem zu scheiden,
Was mein Glück und meine Freuden.
Helgi ist es, nennt ihn Meuchler,
Nennt ihn Frevler oder Heuchler,
Mir ist er des Lebens Quelle,
Ihm gehör' ich, meine Seele
Lebt in ihm nur, nur in ihm,

6. Auftritt.

Vorige. Helgi.

Helgi.

Bei der Hela düsterm Grimm,
Und bei Loki's Schlangenqual!
Meine Braut, mein Eh'gemahl
Schütz' ich selber!

Sigrun
(flieht mit lautem Aufschrei in seine Arme).

Helgi.

Meine Taube.

Atli.

Kannst du's, Helgi? Wohl, ich glaube.
Hast in meiner Schul' gesessen.
O, ich hab' es nicht vergessen.
Und es wird dir schon gelingen.
Aber willst du mich denn zwingen,
Gegen dich das Schwert zu ziehen.

Helgi.

O, mein Vater! Laß mich fliehen!
Weißt du doch, nicht Feigheit ist es.
Atli! Vater! Ja, du bist es.
Hast du deinen Sohn vergessen?
O, ich rede dir vermessen.
Nicht geziemt es mir, dem Knaben.
Wie das Junge eines Raben
Steh' ich vor dir, fleh' Erbarmen.
Kann denn nichts dein Herz erwarmen?
Ist es noch dieselbe Art,

Wie ich's kenne, weich und zart?
O daß es mir doch gelänge!
Wie des Winters harte Strenge
Stehst du da. Dein Blick ist tödlich.
Sprich! Schon malt sich licht und rötlich
Dort der junge Morgen ab.

Atli.

Reich' dein Schwert mir, zieh' hinab.
Das ist meine Pflicht. Nichts weiter
Weiß ich dir zu sagen.

Helgi.
Leiter
Meiner Jugend!

Atli.
Laß dein Klagen.
Soll ich noch in alten Tagen
Mit der Treu, mit Ehrenwort,
Mit der Tugend edlem Hort
Gaukelspiel und Trug noch treiben?

Helgi
(der mit Anstrengung den aufsteigenden Jähzorn niederkämpft, schreiend wie in drohender Wut).

Vater! Vater!

Atli.
Du wirst bleiben!
Von der Stelle weichst du nicht!

Helgi (wie oben noch drohender).

Vater! Vater!

Atli.

Vor Gericht
Bin ich Richter, nicht dein Vater.
Nicht ein Wort mehr!

Sigrun (niederfallend).

O Berater
Meiner Jugend!

Helgi (zerrt sie auf).

Knieen du?
(düster)
Nicht mein Vater!

Sigrun.

Rede zu,
Meiner Kindheit treuer Lenker.

Helgi (düster).

Nicht mein Vater! (hart.) Nun! Dem Henker
Schuld' ich Achtung nicht! (Greift zum Horn.) Hallo!
Wie die Flamm' im dürren Stroh
Fach' ich's auf! Mag sich's entfalten!
(stößt in's Horn. Man antwortet. Es stürzen Witinger hervor.)
Tra— trara—! Greift mir den Alten!
Tra—-trara—! Fort! Auf zum Drachen!

Atli
(stößt in's Horn. Man antwortet. Es stürmen Krieger hervor).

Tra—trara! So mag entfachen
Tra—tra—ra—! Der Krieg auf's neue.
Nun wohlan! Dem König Treue!

(Kriegsgetöse und Trompetengeschmetter. Das ganze Volk drängt sich hinauf.
Geschrei. Getöse.)

Helgi.

Vorwärts! Vorwärts! Nur zum Schiff
Schlagt euch durch, nur bis zum Riff!
Tra—tra! Tra—tra—ra! Tra—trara!

(Helgi nimmt Sigrun und führt sie fort. Hinter der Scene hört man lange
noch, nachdem sich die Bühne entleert hat, Kriegsgetöse, das verhallt, und
schwächer werdendes Tratrara! Tratrara!)

Vorhang fällt.

Ende des 3. Aktes.

4. Aufzug.

Im Schlosse. Offene Säulenhalle.

1. Auftritt.

Dienerinnen. Volk. Gundobald. Beim Aufgehen des Vorhangs Hallo
und Jubelgeschrei. Hörnerklang und Trompetengeschmetter in der Ferne.

Gundobald

(kommt mit großer Wichtigkeit, mit allerlei Kriegsgeräten umhängt).

Blast Posaunen! Mann für Mann,
Schlagt die Schwerter klirrend an!
Bei Walhalla! Alle Götter!
Hört die Nachricht! Donnerwetter!
Das nur sag' ich. — Kommt heran. —
Seht und hört und staunet dann.
Wir — wir haben ihn, den Meuchler,
Diesen gottvergeß'nen Heuchler,
Den dreifachen Menschenschlächter,
Diesen Frevler, Gottverächter,
Helgi haben wir, den Räuber!

Clodamira.

Ei, er ist ja aus dem Häuschen.

Gundobald.

Donnerwetter!! — Na, mein Mäuschen.

Clodamira.

Strenger Gundobald und Herr.

Gundobald.

Keine Furcht d'rum, komm' nur her.

Theodora.

Helgi ist's, von dem er tobt?
Helgi, den er sonst gelobt
Wie ein Rohrspatz?

Gundobald.

Donnerwetter!
Dieses wird ja immer netter!
Alle Götter! Ich ihn loben?
Rappelt's ihr denn gar dort oben?
Und ist sie verrückt geworden?
Ich ihn loben? Nein, ihn morden
Könnte ich zu jeder Stund!
Nie nahm ich in meinen Mund
Je ein Wörtlein, ihn zu loben.

Theodora.

D'rum braucht er doch nicht zu toben.
Dann muß ich es wohl nicht wissen.

Gundobald.

Hätte mich ja schämen müssen,
Ihn zu loben, den Verächter
Aller Götter! Menschenschlächter!

7*

So ein Mensch von diesem Schlage!
Und so weiter. — Was ich sage —
Ihr habt es doch nie vernommen,
Daß ich je ein Wort genommen
Ihm zum Lobe? Was ich sage —
Das wird wieder eine Plage
Und im Fleisch ein Pfahl und Schwert,
Sagt' ich, als er heimgekehrt.
Aber jetzt, sie sollen's büßen!
Nieder — nieder — uns zu Füßen!
Man soll ihn nicht leben lassen.
Der läßt sich nicht zweimal fassen.
Auch die andern sollen d'ran.
Alle, alle, Mann für Mann.
Charibert und alle, alle.
Schön ging er uns in die Falle!
Uns so sagt' ich. Wollt ihr's hören?
Doch es darf euch dies nicht stören,
Ich — ich war nicht immer frei.
Doch ich war nicht schlecht dabei.
Als der erste, Gundobalde,
Ich, Herr Gundobald, der Alte,
Bin als erster mit gewesen.　　(Hohngelächter.)

Fredegunde.

Er?

Gundobald.

　Was lacht sie, alter Besen!
Will sie mir's wohl gar nicht glauben?
Ja, mein Täubchen, saure Trauben.
　　　　　(Plötzlich entsetzt.)
Was! — Da kommt er! Alle Götter —!
Bei Walhalla! Alle Wetter!
Hat den einen Arm noch frei!

Geht, ihr Laffen! Geht vorbei —!
Fratzen! Affen! Dummes Vieh!
Geht! — Nein, bleibt —! Ihr habt doch nie
Das dürft ihr ihm kühn vermelden —
Je ein Wörtlein von dem Helden
Anders als im Lob gehört?
Fort jetzt —! Hört! — Nein, fort! — Nein, hört!
Ich will bleiben! Donnerwetter!
Bei Walhalla! Alle Götter!
Bei des Sturmwinds Eulenschrei!
Er kommt wirklich hier vorbei!

(Läuft eilend davon, indem er alles beiseite stößt.)

(Alle lachend ab.)

2. Auftritt.

Helgi, den einen Arm in der Binde, kommt, gestützt von Freunden.

Helgi.

Was bedeuten diese Schmerzen.
Laßt mich, Freunde! Hier im Herzen
Bin ich krank, nicht an der Wunde.
Fluch mir! Tausend Fluch der Stunde,
Wo mein Leben mir begann,
Das so grausam mir zerrann.

(Nach einer Pause.)

Wo ist Atli? Ach, mein Vater,
Meiner Jugendzeit Berater! —
Sagt mir alles. — Er ist tot?
Seht die Hand, von Blut so rot,
Seht, die Hand, erschlagen ihn!
Sie, die ihm gesegnet schien,
Die er oft so stolz gestreichelt
Die er koste und geschmeichelt

So voll Zuversicht und Freude,
Sie erschlug ihn, mir zum Leide.

(Nach einer Pause, wie abwesend.)

Letzter deines Stammes du,
Gingst nun auch in's Land der Ruh.
Herrlich ging dein Stammbaum auf,
Herrlich war dein eig'ner Lauf.
Wie des Blitzes Feuerglut
War dein Schwert, dein Mannesmut,
Und dein Geist, wie Feuerflammen
Schmolz des Herzens Gold zusammen.
Deines Atems milder Klang
War dem Freunde wie Gesang;
Doch ein Sturm, der heulend weint,
Furchtbar war er deinem Feind.
Und wie des Gewitters Rollen
War dein zornverhalt'nes Grollen.
Deiner Augen Feuerstern
Blitzte wie die Sonne fern,
Die Gewitterluft durchbricht. —
Ach, so oft der Sonne Licht
Nun auch Asgard aufwärts klimmt,
Ach, so oft der Tag erglimmt,
Nimmer wird er dich erreichen.
Du erlagst den gift'gen Streichen
Deines Freundes. — Nächt'ger Graus!
Er ist's! Fort! Führt mich hinaus!

3. Auftritt.

Vorige. König. Atli.

König.

Ob dein blutend Herz auch weint,
Nicht vom Tode sprich, mein Freund.

Liegt erstarrend doch wie Schnee
Auf dem Herzen mir das Weh.
Unentbehrlich bist du mir.
Du und ich, nur eins sind wir.
Haben wir nach jenem Hader,
Du und ich und auch der Vater
Von dem Jüngling, der nun lauernd
Uns betrog, und den wir trauernd
Jetzt aus unsrer Mitte stoßen,
Uns doch Blutsfreundschaft geschlossen.
Er ist hin, du sprichst vom Sterben.
Wollt ihr alle denn verderben,
Eingehn in des Todes Joch,
Was soll mir das Leben noch!
Einsam, nur ein Stamm im Meer,
Schwankt mein Lebensschiff einher,
Das der nächste Sturm zerschellt
Und am Felsen wild zerspellt.

Atli.

Diesmal hast du selbst den Stab
Über deinem Haupt gebrochen.
Tadelst mich, daß ich vom Grab
Und vom Tode hab' gesprochen,
Und du willst, noch voller Leben,
Schon dem Tode preis dich geben?
Du, ein Eichenstamm im Alter,
Mürbe wohl und moosbedeckt,
Aber noch des Reichs Verwalter,
Der den Feind dahin gestreckt.
Du hast noch der Jahre viele.
Viele sehn auf dein Geheiß.
Und die Tochter? Nicht dem Spiele
Deiner Launen geb' sie preis.
Und den Jüngling, dem du fluchst,

Sollst du segnen. Freund, du suchst
Dich vergeblich zu bezwingen.
Und es will dir nicht gelingen,
Deinem Zorne Raum zu geben.
Macht sein wilder Sinn erbeben,
Seine That uns selbst erschrecken,
Deine Liebe für den Recken
Ist in deinem Blick zu lesen.
Nicht was immer schon gewesen
Ist das Edle, das wir achten,
Nicht der, welcher Hergebrachten
Blindlings folgt, ist schon gerecht;
Wer, was uns das Herz erregt,
Und dem Werte folgt, der Zeit
Und dem Augblick, der gebeut,
Der wird schon das Recht erkennen.

(Helgi kämpft mit sich, will ihnen zu Füßen fallen, wird noch nicht bemerkt.)

König.

Wie soll ich den Geist benennen!
Es ist nicht der unsrer Väter.
So sprichst du, der du die Götter
Unsrer Ahnen hast verlassen.
Wie soll ich dein Wort erfassen?
Soll ich auf dein Wort noch bauen,
Rüttle nicht an dem Vertrauen,
Nicht an dem, was heilig ist.
Ja, ich weiß's, wenn du's auch bist.

Atli.

Edel ist der Gottheit Kreise
Edel unsrer Väter Weise,
Leicht doch ihre Fordrung nicht.
Unbarmherzig unsre Pflicht.

Gut und böse oft verkehrten,
Die als heilig wir verehrten,
Sind wir ihrem Wort nur Knecht,
Andern Menschen ungerecht,
Die man lieben soll wie sich.
Dieses Wort, das liebe ich
An der Lehre, uns verwandt,
Die man christliche genannt.
Magst du's auch noch nicht zu fassen,
Und magst du sie nicht verlassen,
Die so lang dein Heim beschützen,
Gutes Wort kann immer nützen,
Wenn's hier innen Wurzel schlug,
Hier im Herzen. Folg' dem Spruch,
Den der neue Gott uns lehrt,
Der dem Feind zu schaden wehrt.
Deiner Tochter zürnst du noch,
Und in deines Zornes Joch
Denkst du Helgi's nur in Haß.
Wie auf dürrer Au' das Gras
Unfruchtbar sind die Gedanken,
Die der Zorn gebiert. Es ranken
Tausendfältig Bilder auf;
Und sie wechseln dir im Lauf,
Wie dein Blut sich regt und mildert.
Zorn ist Sturm, der's Herz verwildert,
Aufwühlt wie das Meer der Wind.
Stark erscheinst du, doch ein Kind
Bist du deiner Leidenschaft.
Nur Beherrschung zeugt von Kraft.
Zorn, ein Schiff ist's ohne Kiel,
Das der Meersturm ohne Ziel
Hin= und herwirft an den Küsten.
„Aber," spricht der Gott der Christen,
Der sich selber treu geblieben.

„Auch die Feinde sollst du lieben.
Die dir fluchen, sollst du segnen.
Gott läßt über Gute regnen,
Und auch Bösen scheint die Sonne."

Helgi

(unfähig, sich länger zu beherrschen, wirft sich dem Alten zu Füßen).

Meiner Seele höchste Wonne!
Vater Atli! Ja, mein Vater,
Meiner Jugendzeit Berater!
Mehr als Vater bist du mir.
Sieh mich an, es liegt vor dir
Wie ein Kind der Harte, Wilde.
Nicht mehr blitzt dein Auge milde.
Ach du zürnst, und deine Worte
Führten mich an Asgard's Pforte,
Zu der höchsten Seligkeit.
Heile, was mein Herz entzweit
Mit der Lehre ohnegleichen.
Kann mein Herz denn noch erreichen
Diesen Frieden, den du lehrst?
Ob du mich gleich von dir wehrst,
Nicht mit Bitten laß ich dich,
Vater Atli. Sag' mir, sprich
Mir das Wort, das du verkündet,
Sag', wie man den Frieden findet,
Den du lehrst. Wer ist der Mann,
Der mir noch vergeben kann.
Ist's denn möglich, daß im Leben,
Kann man dem denn noch vergeben,
Der beleidigte die Tugend,
Der die Wohlthat seiner Jugend
Mit dem rauhen Mord belohnt?
Und das Herz selbst nicht verschont,

Das für ihn nur Liebe hegte,
Dessen Fleh'n ihn nicht bewegte?

Atli (zwingt sich hart zu sein).

Ich wußt' nicht, daß du im Saale.
Nicht wußt' ich dich in der Halle.
Nicht für dein Ohr war's gesprochen, —
— Magst du doch nach wen'gen Wochen
Schon dem alten Hasse huld'gen —
Was dem Richter, nicht dem Schuld'gen
Sollte weich zum Herzen dringen.
Mag es auch dein Herz bezwingen,
Dir gebürt ein andrer Ton.
Deine Schuld ist groß, mein Sohn,
Ob du Herr bist oder Knecht;
Denn du hast der Menschheit Recht
Mehr als einmal kalt verletzt.
Wie das Wild, das matt gehetzt,
Liegst du vor mir, und nach Brauch
Unsrer Väter ist es auch),
Dir dein ganzes fern'res Leben
Deinem Sieger preiszugeben.

Helgi.

Soll ich denn mit weichem Beben
Alles, was ich that, bereuen,
Einem Weibe gleich, dem scheuen?
Nein! was unsrer Väter Brauch,
Dieses alles that ich auch.
Aber streiten hier zwei Pflichten,
Welche soll man denn verrichten?
Das, wozu das Herz uns treibt.
Das ist, was der Jugend bleibt,
Mag das Alter klug erwägen;

Dieses ist des Alters Segen,
Und die Jugend ist hier schwach.
Ich, mein Vater, ich erlag,
Wo dich deine Weisheit leitet.
Wer für seine Liebe streitet,
Edel schien mir der, erhaben.

Atli (besiegt).

Ja, du bist es, den als Knaben
Ich geliebt, den ich erzogen,
Lehrte klug des Lebens Wogen
Zu umgehn; den ich bewehrte,
Den ich alles, alles lehrte
Auf der Hütte heil'ger Schwelle,
Was in meiner eignen Seele
Edel mir und groß erschien.

Helgi.

Meinen Fehl hast du verzieh'n,
Edler Mann, den ich verehre!

König (gerührt).

Atli, deine weiche Lehre
Dringt wie Wollust mir ins Herz,
Schlägt vermittelnd niederwärts,
Was ich zürnend in mir nährte.
Doch, die ich so lang verehrte,
Die da thronen in dem Wetter
Über Wolken, unsre Götter,
Wer mag ihrem Zorn entrinnen.
Was denn ist all unser Sinnen.
Denn der Götter mächt'ge Sprache
Wird zum Zorn, sie wird zur Rache,
Wenn wir lästernd sie verlassen. —

Wie willst du die ew'gen fassen!
Magst du sie mit Namen nennen,
Magst du sie als Christ bekennen,
Oder wie die Väter wollen.
In der Flur, im Wetter rollen,
Überall erkennst du sie.

Atli.

Wahrlich, so sah ich dich nie!
Was du redest, ist geschehen.
Alles, was wir um uns sehen,
Ist ein Nachbild nur von dem.
Und in Bildern, im System
Haben uns die Väter das,
Was er ist, und alles, was
Er uns sein will, klug erzählt.
Einen doch hat Gott erwählt,
Der sie alle überbeut.

König.

Wehe dem, der sie nicht scheut!
Zittere vor ihrer Macht!
Kennst du nicht der Nornen Fluch?
Er erfüllte sich, der Spruch:
Meiner Tochter erste Liebe,
Er erschlug aus eignem Triebe,
— Sag', was uns davor noch schütze —
Er erschlug des Thrones Stütze,
Hedin und auch dich, mein Freund.
Zwiefach ist er uns ein Feind.

Atli.

Mag ich es auch nicht verstehen.
Wer vermag der Zukunft Wehen,

Ihre Dunkelheit zu lichten.
Nur der Schwache mag sich flüchten
Zu des Sehers Scheingebärden.
Vieles, Freund, geschieht auf Erden,
Was uns überirdisch scheint.
Weil's das Auge irrend meint,
Giebt man sich der Täuschung hin.
Und weil unser schwacher Sinn,
Der's verworren uns verkündet,
Den Zusammenhang nicht findet.

4. Auftritt.

Vorige. Feuerschein flackert schnell und knisternd Garben schlagend auf. Wildes Geschrei. Volk stürzt auf die Bühne. Guntram und Krieger bringen die wild zerfetzt und verrußt aussehende Reifgerde, die mit feuersprühender Fackel hereinspringt. Alles greift zum Schwert.

Guntram.

Mein Herr König.

König.

Rede zu!
Was ein Weib! Was bringst denn du?

Guntram.

Dieses Weib, ich fand sie dort,
Wo in festverschloß'nem Hort
Sich des Feldes Frucht befand,
Eine Fackel in der Hand,
Harzbestrichen, flammenlodernd
Warf sie sie, wo trocken modernd
Sich das Gras streckt dürr und welk,
Feuersprühend in's Gebälk,
Das des Sommers Schätze hegt.

Mühevoll und unentwegt
Nur gelang es voll Beschwerden
Herr der Feuersbrunst zu werden,
Die verzehrend um sich schlug.

König.

Rede, Weib! So hehr und klug
Und so herrlich anzuschauen!
Warum thatest du, was Grauen
Und Entsetzen bringen muß?
Rede Weib! Ist das dein Gruß?
Was —? Du sprichst nichts? Ist das Wut?
Ist es Trotz, die düst're Glut,
Die dein Augenstern erzeugt.

(leise zu Guntram)

Guntram, bist du überzeugt?
Ist's vielleicht nur ein Versehen?
Wer vermag das Weib zu sehen
Ohne Achtung vor dem Leib.
Was bewöge sonst dies Weib.
Schonung magst du mit ihr üben.

Guntram.

Mein Herr König, wildgetrieben
Wie von Wahnsinn, kühner Hand
Setzt' sie mit dem Feuerbrand
Sich dem stärksten Mann zur Wehre.
Rauchgeschwärzt, dem Feuermeere
Erst entrissen wir die Tolle,
Ihre Kleidung halb schon Kohle,
Wie der Moorgrund ihr Gesicht.
Denn Ergebung wollt' sie nicht.

König (wider Willen voll Bewunderung)

Sprich, wer bist du?

Reifgerde.

Rachegöttin!
Rache ist es, die ich suchte
Für die Blutthat, die verruchte,
Und Blutrache üb' ich nur.

König (wie oben).

Wo liegt deiner Heimat Flur?
Sprich, wer bist du Wunderbare?
Sprich! Bei meinem grauen Haare
Schwör' ich's dir, und will nicht ruh'n,
Deinem Zorn genug zu thun.
Deinem Racheschwur zu dienen
Sprich, wes Blutthat willst du sühnen?
Ich bin König Schwertwart dir.
Meine Großen stehen hier.
Dies sind unser's Landes Freunde,
Und hier stehen unf're Feinde,
Die mein Schwert am Wege fand.
Alle steh'n in deiner Hand.
Wenn dein Spruch auf Sühne spricht.

Reifgerde.

Sühne? Sühne will ich nicht!
Ich will Rache! Rache — ich.

König.

Doch so sprich, wer kränkte dich?
Nenn' mit Namen die Beschwerde.

Reifgerde.

Wer mich kränkte? (Tritt vor Helgi.)

Helgi.

Hel! Reifgerde!

König.

Ha! Du kennst sie? Was! Du bist es?
Ist es möglich! Sprich, was ist es?
Einer andern Blutthat Joch
Liegt auf deinen Schultern noch?

Helgi (düster).

Wer sie ist? Mein blut'ger Schatten.
Drohend auf der Flur, den Matten
Meines Glücks kommt er geschlichen,
Wenn des Tages Licht erblichen.
Wo mein Glück sich zeigt, verloren
Durch den Fluch, mir angeboren,
Trifft mich überall der Schauer.
Wo mein Herz mit inn'ger Trauer
Sich ein großes Glück ersehnte,
War sie's — wie ein Abgrund gähnte
Sie dazwischen, mir's zu schließen.

Reifgerde

(vergißt sich vor Frohlocken, voll leidenschaftlichen Hasses).

Ist sie's? Ah! Zu meinen Füßen
Seh' ich dich nun doch zuletzt.
Traf's dein Herz? Es ist verletzt?
Ist es? Ah! Sie auch —! Sie auch —!
Wie des Morgens Nebelhauch
Vor der Sonne Blick sich flüchtet,
Also sei auch sie vernichtet,
Sie. die Sigrun —

Helgi.

Weib!

Reifgerde (wie oben).

Zum Raube

Holt sich seine zarte Taube
Schon der Geier mit Geschrei.
Aber noch ist's nicht vorbei.
So vernimm auch dir zum Glauben:
Hedin dachte sie zu rauben.
Er war's, der in dunkler Nacht
Sich den Nornenspruch erdacht.
Und vernimm: Ich war die Weise,
In der Nornen hohem Kreise
Saß nur ich allein. Nein, bleib.
Ich war auch das kluge Weib,
Die ihr das Verhängnis sprach.
Ah —! Wie trifft dich das so jach!
Ja, in zehnerlei Gestalt
Ich umschlich sie. Mit Gewalt
Und mit List und schlauem Trug
Hielt ich aufrecht diesen Fluch.
Ich war stets in ihrer Nähe.
Ah! das traf dich, wie ich sehe!
Ja, dein blut'ger Schatten nur
Folgt' ich deines Glückes Spur,
Bis du selber dann zuletzt
Zu mir flüchtest abgehetzt.

König (erst starr, dann wie außer sich).

Atli! Atli! Ist's ein Traum!
Noch erfaßt mein Sinn es kaum.
Alles, was ich hehr gehalten,
War des Weibes List Gestalten?
Lüge war's und nur ein Scherzen,
Eine Schandthat böser Herzen?
Atli! Atli! Rette mich!

Atli! Freund, ich bitte dich,
Daß nicht des Verzweiflungs Schrecken
Den Verstand mit Nacht bedecken.

5. Auftritt.

Vorige. Godomar.

Godomar.

Mein Herr König.

König.

Fort! Schweig' still!
Fort, Graf Godomar, ich will
Nichts mehr von dem alten hören.
Mag die Welt nur Schein gebären?
Was mir heilig war, ist Lug,
Was mir lieb war, eitler Trug.
Was denn giebt es noch auf Erden!

Godomar.

Mein Herr König.

König.

Nicht Beschwerden!
Prunkend zeigt sich dort die Au,
Strahlend dort das Himmelsblau,
Wer denn zeugt mir, ob es nicht
Lug ist, Täuschung? Mein Gesicht,
Meine Sinne sind befangen.
Was denn kann zu uns gelangen
Als ein Traumbild.

Godomar.

König! Herr!

König.

Ja, beim Himmel! Bleiernd schwer
Liegt es mir auf Kopf und Lider,
Und mein Sinn kehrt immer wieder
Auf den einen Punkt zurück.

Godomar.

Deine Tochter.

König.

O, mein Glück
Ist vernichtet! Ach, mein Kind!
Wie im nächt'gen Forst der Wind
Aufheult, so schreit meine Seele;
Im entlaubten Hain die Quelle,
Die der Winter nicht erstarrte.
O, ich fass' es nicht, das harte,
Harte Wort, ich fass' es nie:
Eine Lüge ist auch sie?
War sie's nicht, die mich betrog,
Die mir stetig Liebe log?
Wohl, sie komm, sie mag entscheiden,
Wer ihr lieber ist von beiden.

6. Auftritt.

Vorige. Sigrun inmitten ihrer Gespielinnen. Sie bleibt unent=
schlossen stehen, blickt mit großer Angst auf ihren Vater.

König (wie erstickt).

Meine Tochter.

Sigrun
(voll überwallender Leidenschaft; sie wirft sich vor ihm nieder).

Vater!

König.

Steh!

Steh, mein Kind!

Sigrun.

Mein Vater! Weh,
Weh mir! Laß mein Haupt mir biegen.
Dir zu Füßen laß mich liegen
Wie das Gras am stillen Rain.
Wie das Moos auf dem Gestein
Also will mein Herz dich faffen.

König (seine Rührung nicht mehr beherrschend).

Und du willst mich nicht verlaffen? —
O, ich schäm' mich nicht der Zähre.
Atli, deine weiche Lehre
Hat das Herz mir abgerungen.

Sigrun (freudig dankbar).

Vater!

Atli (ebenso).

Freund!

König.

Ich bin bezwungen,
Herrsche sie in meinem Herzen,
Die euch so in allen Schmerzen,
So durch alle Not und Schuld
Führt und leitet in Geduld.
Herrscht sie denn im Volke schon,
Herrsche sie auch auf dem Thron.
Sigrun, daß dein Herz nicht grollt,
Nimm den Mann, den du gewollt.

Sigrun.

O mein Vater! — Helgi!

Helgi.

Du!

Sigrun, meines Herzens Ruh,
Süßer Schatz in meinem Leben,
Deiner Lehre will ich leben,
Atli, die auch ist die deine.
Sigrun, du mein Glück, ja weine.
Es sind ja die letzten Thränen,
Die du mir in bangem Sehnen
Weinst voll Lust, vor Asgard's Pforte.
Mögen deine milden Worte,
Deine Lehre in uns walten
Mit dem Edelsinn der Alten
Sich zu einem Bund vereinen
Uns durch uns're Liebe scheinen.

Reifgerde

(ist durch diese Entwicklung aufs höchste überrascht).

Dies, bei Hel, dies wollt' ich nicht!
Dies war meine Absicht nicht!

(Sie springt auf Sigrun zu, reißt sie fort und stößt mit dem Messer nach ihr.)

Helgi

(fängt ihren Arm auf und drückt sie zu Boden).

Dieser Bosheit konnt' ich wehren.

König.

Willst zu deiner Heimat kehren,
Guntram, zu des Hauses Glück,
Sehnst dich nach dem Herd zurück
Deines Weibes. Nun, so bleib,

Kehre heim; doch nimm dies Weib
Als Gefangne deiner Wacht.
Doch als Sklavin deiner Macht,
Als des Feldes Dienerin
Führst du sie in Ketten hin:
Eine Mahnung, wo sie geht,
Daß das Böse nicht besteht.

Chor (singt).

Droben über jene Sonnen
Weit von dieses Elends Land
Ist des Lebens Schnur gesponnen
Von der Nornen leiser Hand.

Unerbittlich winkt dem einen
Dornen nur auf seinen Wegen,
Kampf und Ringen, Elend, Weinen
Und dem andern Glück und Segen.

Aber eine reine Seele
Zwingt des Schicksals rauhe Hand;
Denn der Unschuld sanftem Flehen
Weicht der Götter harter Stand.

Das Morgenrot des anbrechenden Tages umleuchtet die Scene.

Vorhang fällt während des Gesanges.

Ende des Schauspiels.